旺華国後宮の薬師 3

甲斐田紫乃

富士見Ｌ文庫

咲き乱れる色とりどりの花は、時に蜜(みつ)のみならず毒をも蓄える。

罠(わな)とも知らずに鮮やかな花弁に誘われ、不用意に触れた者は命を落とすだろう。

毒は自らを毒と称さず、密(ひそ)かに人に死を齎(もたら)すもの。

それは何も、本物の草木に限る話ではない。数多(あまた)の妃嬪(ひひん)という名の花が咲くこの旺華国(おうかこく)の後宮においても——その外においても、変わりはしない。

人に欲があり、欲が罪を生む限り、毒はこの世にありつづける。

しかし毒がある限り、薬を求める声もまた絶えはしないのである。

後の世の史書にて「薬妃」と名高い董英鈴(とうえいりん)の生きた後宮においてもまた、見えない毒の暗躍した時代があった。

すべての人が苦みも苦しみも感じることなく飲める薬、『不苦の良薬』は、果たして姿を隠した毒に克(か)てるのか。

後宮の薬師(くすし)は、外から来たる毒を制することができるのか。

己の命すら危ぶまれる戦いが迫ることなど露知らず、今日も英鈴は、薬童代理の仕事に励むのだった。

第一章　英鈴、九死に一生を得ること

　中天に昇った太陽が、旺華国に住まう人々の賑やかな営みを、柔らかく照らしている。
夏の暑さはとうに失せ、朝晩の澄んだ空気は、冬の訪れが遠くないことを示していた。
けれど日中は穏やかな秋の陽気が、ここ、華州は臨寧の禁城を包んでいる。

　その禁城の一室にて、今日も董英鈴は、薬童代理としての任にあたっていた。

　英鈴が拱手して深く礼をしている相手は、もちろん、旺華国の皇帝たる丁朱心である。

　黒髪に冕冠をのせ、服喪を表す白い上衣を身に纏った彼は、凛々しく理知的なその眼差しを、先ほど英鈴が持って参じたばかりの「薬」に向けている。

　その出で立ちも、眼差しも、なんらこれまでと変わっているところはない。

　神話の女仙と見紛うばかりの美しい面貌に、英鈴をはじめごく限られた人にしか見せない酷薄な微笑みを湛えているのも、今までに何度も目にした光景だ。

　けれどなぜか、ここ最近の英鈴は、朱心のそんな姿をまっすぐ見つめられなくなっていた。毎日、日に三度、こうして仕事のために謁見しているにもかかわらず——だ。

「どうした、菫貴妃」

「えっ」

彼の怜悧な視線が突然こちらを向いたので、思わず跳び上がってしまいそうになる。

慌てて顔を伏せ、瞳をぱちぱちと瞬かせている英鈴の様子を見て、何が面白いのだろうか、朱心はククと笑った。

「視線を逸らして思案げな様子とは……それほど、この菓子に自信がないか？」

「い、いいえ」

反射的に否定してしまい、次いで、なんとか正しい言葉を紡ぎ出す。

「その……確かにそちらのものを作るのに、多少の苦労はありました。ですが陛下、それはただの菓子ではありません。薬です」

「いつもの『不苦の良薬』、というわけか」

手にしている白い陶製の小皿の上にのった、艶やかな小麦色の「菓子」――見た目は月餅によく似たそれを再び見やり、朱心は目を細める。

そう、『不苦の良薬』――すべての人が苦みも苦しみも感じないような、そして「苦しみを取り除ける」ような薬の服用法。それを確立させるのが、英鈴の望み。

そして服用法を極めた薬師になるという夢を女だてらに追う英鈴を嗤うことなく、この仕事に引き立ててくれたのが、他ならぬこの皇帝陛下なのだ。

いろいろあったせいで、なぜか薬童代理というだけでなく、平民でありながら貴妃の地位にまで就いてしまっているけれど。

（とにかく落ち着いて、陛下にちゃんとお話ししないと）

朱心の微笑みや眼差しを思い浮かべるだけで、勝手に激しく鼓動を打ちはじめる自分の心臓を必死に静めつつ、英鈴は口を開いた。

「……仰る通りでございます、陛下」

「とはいえ、いつにも増して薬のようには見えぬな。例の新しい薬……『桂皮芍薬湯』だったか。あれの新しい服用法を考えるよう命じたはずだが」

「はい。間違いなく、そちらにはその薬が含まれております」

薬の話となれば、自然と頭を切り替えて冷静に話すことができる。

英鈴は頭を上げ、しっかりと朱心に説明をはじめた。

「桂皮芍薬湯には、名の通り桂皮と芍薬が多く含まれています。甘く、わずかな渋みがあるだけの芍薬はともかく、桂皮は独特の風味があり、そのままでは服用しづらい草木です。とはいえその効能は穏やかながら確かで、冷えものぼせも改善されますし、幼い子どもでも安心して」

流れるようにそこまで語ったところで、こちらを下瞰するような朱心の視線に気づき、ばっと頭を下げた。

「も、申し訳ありません！　つい……」

「お前のその『薬語り』はいつものことだ。今さら咎めだてなどせぬ」

平伏したままのこちらを置いて、朱心はまたじっと「薬」を見つめ、フンと小さく鼻を鳴らした。

「しかし、それで薬をこの菓子の中に入れたのだ、と？　けっこうだが、いささか変わり映えがせぬな。お前なら、もっとできるかと思っていたが」

どこか興ざめした声で朱心は言い——それも当然かもしれない、と英鈴は思った。

英鈴はこれまで、いくつかの『不苦の良薬』を編み出してきた。もち米と麦芽で作った飴で苦い薬を包んだり、葡萄の実の中に薬を入れたり、月餅の実にしたり——

我ながらそれなりに効果をあげてきたと思っているけれど、確かに朱心の語ったように、どれも「薬を何かの中に入れている」という点では同じだ。

毎日食事の前に薬を服用する朱心としては、そろそろ、もっと変わった趣向を取り入れてほしかったということだろうか。

けれども——

「陛下」

英鈴は、深々と礼をしながら応える。

――そろそろ、そんなことを仰るだろうと思っていた！

「恐れながら、まずはお召し上がりいただいてから、ご意見を賜りたく存じます」

「ほう」

ともすれば、皇帝に対する不敬と思われかねない言葉だ。

この場に無言のまま控えているのが、英鈴と朱心の双方をよく知る宦官の王燕志でなければ、即座に制止されていたかもしれない。

けれどもはや、こうした言葉を口にする時、英鈴の胸に不安が過ぎりはしない。

朱心なら、きっとこちらの本心をわかってくれると、心から信じているからだ。彼の試すような言葉にあえて挑戦し、それを乗り越えるような技量こそ、朱心が求めているものだということも。

だから英鈴がきっぱりと告げた今も、朱心はその笑みを絶やさない。むしろかんばせに浮かべたそれを深くして、彼は首を傾げた。それ自体が輝石のように煌く長い黒髪が、朱心の頭の動きに合わせて滑らかに零れ落ちていく。

その様子に、また我知らず見惚れそうになってしまう自分を叱咤しながら、英鈴は相手の言葉を待った。

「なるほど。そうまで言うからには、よほどの自信があるようだな」

彼は白く長い指で、皿の上の菓子を摘まんで言う。

「では、その大言に免じて……もしこの薬の出来栄えが惨憺（さんたん）たるものであったなら、お前を免職するだけで勘弁してやろう」

「えっ⁉」

とんでもない言葉が聞こえてきたので、英鈴はつい面を上げてしまった。けれどそれに構わずに、皇帝はおもむろに菓子を口に運び、静かに食（は）む。

その表情は、緩やかに変化していった。

最初、わずかに顔を顰（しか）めていた朱心は、やがて何かに驚いたような表情をみせる。次いでもう一口、菓子を口に運ぶと、今度はじっくりと味わうように食べ進めていった。

彼の口元に薄く笑みが浮かぶのを、英鈴は見逃さない。というより、自然と目が釘付（くぎづ）けになってしまった。

皇帝として人の前に出る時の温和なものとも、英鈴の前で見せる酷薄なものとも、違う笑顔。ごく自然に、ふわっと、まるで花が咲いたような微笑みが、そこにはあった。

（……綺麗（きれい））

浮かんだ素直な想いは、高鳴りと共に、胸の内いっぱいに広がっていく。そして朱心の笑顔を生んだのが、他ならぬ自分の作った薬なのだと思うと――やっぱり、嬉しくなる。思わず礼の姿勢を解いて、胸に手を当ててしまいたくなるほどだ。

「董貴妃」

再び朱心に呼びかけられ、はっと意識を現実に戻す。彼の面持ちはまた冷酷なものに戻っていた――けれど、その口の端は上向きになったままである。

「さすが、大口を叩いただけのことはある」

「！　で、では……」

「ああ。なかなかのものだと褒めてやろう」

その言葉を聞いた瞬間、まるで光が灯ったように、胸の真ん中がふわっと温かくなる。

――やった！

嬉しさのあまり、平伏したまま英鈴の表情がぱっと明るくなった。とはいえ英鈴自身、自分が笑っていることに気づいていないのだけれど。

一方で、朱心はそんな英鈴をまっすぐ見つめている。彼が空になった皿を脇へ除けると、燕志が回収した。

それに合わせて、朱心はさらに言葉を続ける。

「そもそも、本当に薬が入っていたのだろうな？　あれは。甘い果実が挟まった月餅だとしか思えなかったが」

「では、私の考えがうまくいったということですね」

　あえてちょっと誇らしげな口調で、英鈴は応えた。

「あの果実は林檎（りんご）です。林檎の実を薄く切り、蜜（みつ）で甘く煮ました。桂皮芍薬湯は、その実にかけてあったのです」

「ほう」

　朱心は、わずかに眉（まゆ）を顰（ひそ）めて言った。

「確かに、ほのかに香草のような風味はあったが」

「仰る通り、桂皮は薫り高い草木です。料理に使われるほどですから」

　すっかりいつもの調子に戻ると、英鈴は語りだした。

「ですから、今回は中に入れるのではなく、あえて『塗（まぶ）す』だけにしてみたのです。果実に用いれば風味が紛れて食べやすくなるのではないかと思い、いろいろと試してみたのですが……一番よく合ったのが、今が旬の林檎の実でした」

　林檎の酸味と甘さを、桂皮の独特の芳香とわずかな辛みがより引き立たせている。味の深さを増すような取り合わせを見つけられたのは、本当に運がよかった。

普段から、林檎を食べる時には毎回これをかけたほうがいいのではないかと、英鈴自身思ったほどだ。

「それに、桂皮芍薬湯は五腑でいうところの大腸、すなわち『金』の気に作用する薬です。一方で林檎は秋から冬への変わり目が旬となる果物ですから『土』の気にあたる果実ですので、『土』から『金』への相生関係が成り立つわけですね」

「相生……？」

「ええ！　薬学の世界においても、陰陽五行説に沿って考えることがあるのですよ。つまり、諸物を『木』『火』『土』『金』『水』の五つの要素に分類するわけです。それらの要素が互いに補い合う関係を相生、抑制する関係を相克といいまして――」

と語ったところで、また脱線してしまったことに朱心の顔色を見て気づく。

「ごほん！　申し訳ありません。と、ともかく……甘く煮た林檎に桂皮芍薬湯を塗し、それらをぱりっとした小麦の皮で包む……そうすれば、薬だとも思わずに召し上がっていただけるのではないかと考えたのです」

甘い蜜と、煮られてなお瑞々しい林檎の果汁とが、嚙むほどにじわりと滲み出て、サクサクした小麦の皮の風味と混ざり合う。薬はそれに紛れ、自然と喉を通ってしまうので、存在を誰にも気づかせない――というわけだ。

「フン」

朱心は低く笑った。その声はやはり満足そうである。

「そして実際に、そうなったわけか。お前の考え通りの感想を漏らしてしまったというのも多少癪だが……見事だと認めざるを得ん。免職は、向こうしばらくは無し、だな」

「――恐れ入ります」

半ば冗談めかして言う朱心に対し、努めて冷静な声を出して、返事をする。それでもやっぱり、その声は上ずってしまっていた。

二十日ほど前、中秋の宴で出した安眠を齎す月餅『棗仁月餅』もまた、薬だと思わせずにその場にいた人々に食べてもらうのには成功している。しかしその時は、中に含まれる酸棗仁の風味の問題から、相手に「変わった味の月餅」だと感じさせてしまった。

けれど今回の『林檎月餅』は、それよりもさらに優れていると言える。なにせ、薬の服用法の開発を命じ、これを食した朱心本人に、「これは薬だったのか」と疑わせたほどなのだから。

つまりこれこそ、今の英鈴にできる最上の不苦の良薬。

初夏の頃、宮女として後宮に入ってから現在に至るまで――薬童代理の仕事の一環として励んできた研究活動の、その集大成といったところだろうか。

（もちろん、たまたま桂皮と林檎の相性がいいのに気づけたから、今回はうまく行っただけで……まだまだ、たくさん勉強しないといけないけれど）

古くから伝わる宮中の薬草園・秘薬苑に残されていた書物だって、まだ半分ほどしか読み進められていない。

（でも、少なくとも……今日のところは、陛下に喜んでもらえたって思っていいよね）

「何を黙りこくっている？」

「あっ」

──いけない、つい考え込んでしまった。

「も、申し訳ありません。ともかく……お気に召して何よりと存じます、陛下」

「薬童代理としては当然の出来栄えだな。だが、その当然をこなせる者がそう多くないのは、私自身よく知るところだ」

肘掛けについた手で頬杖をつき、朱心は皮肉めいたことを言った。そして、傍らに控えたままの燕志に問いかける。

「燕志、どうだ。この『薬』ならば、明後日の視察にも持っていけるだろうな？」

「はい、仰せの通りかと」

白銀色の髪を持つ宦官・王燕志は、その象牙細工のごとき顔立ちにいつものように穏やかな微笑みを湛え、恭しくお辞儀をして、主上に応えた。

「ご出立の前に、禁城の厨でご用意すれば、遠方でのお召しとあっても問題はございませんでしょう。さすがは董貴妃様、入念なご準備です」

（え？）

褒められたのはありがたいけれど、今一つ話についていけずに、英鈴は思わず目を瞬かせてしまう。

（視察……ご出立、って、陛下はどこかに行かれるのかしら）

「忘れているのか？ 董貴妃」

こちらの戸惑いを見透かしたように、やや呆れたような顔で朱心は言った。

「もうじき重陽の節句だろう。儀式のために訪れる高台の視察のため、明後日の日中、永景街に出向く予定だ」

「あっ……失念しておりました」

聞いた途端にぴんと合点がいき、英鈴は小さく頭を下げた。

重陽の節句とは、邪気を払い長寿を願う秋の行事で、その習わしとしては二つある。

一つは、今の時季が見頃である菊の花を愛でること。親しい相手に菊の花を贈ったり、菊の花びらを浮かべた茶や酒を飲んだり、あるいは美しく咲いた菊の花をただ眺めるなど

――上は禁城から下は市井まで、規模は違っても広く行われている風習だ。

そしてもう一つの習わしは、近隣の丘や物見台などの高台に登り、龍神に無病息災を願って祈ることである。特に龍神の名代としてこの国を治めるとされる皇帝には、中秋の宴でそうだったように、国の安泰を願う祈りを捧げるという大切な儀式がある。

皇帝が妃や重臣たちを伴って臨寧の中心地の一つ、永景街の北にある高台に登り、そこで祈りを捧げるというのは、重陽の節句における大切な宮中行事だ。

（秘薬苑に籠って研究ばかりしていたから、すっかり忘れていたみたい……）

昼夜を問わずに仕事をしていたせいで、日時の感覚がおかしくなってしまったのかもしれない。

少し恥ずかしく思っていると、そんな気持ちもまた見透かされてしまったのだろうか、朱心はククと低く笑った。

「薬師の夢を追うのは勝手だが、貴妃としての務めも忘れるな。出席をうっかり忘れていた――などという事態になれば、お前を妃に取り立てた私の見識が疑われる」

「は、はい！　気をつけます」

拱手と共に、英鈴はきっぱりと返事をした。朱心はそれに対し、また鼻を小さく鳴らす。

「では、私はこれより昼餉をとる。下がっていいぞ」

「はい……失礼いたします、陛下」

去り際につい、ちらりと彼の姿を見てしまう。すると朱心の視線は意外にも、今なおこちらに注がれたままだった。

それに気づいた瞬間、英鈴は顔に火がついたような感覚に襲われて、居ても立ってもいられなくなって――逃げ去るように退出してきてしまったのだった。

（ああ……どうしよう、私）

廊下を歩いて自分の部屋に戻りつつ、そっと頬に手をやる。

（なんだか、日増しに陛下の顔を見られなくなっているような……）

あの時、後宮を騒がせた例の『安眠茶（あんみんちゃ）』の一件が終わった後に、朱心が言った冗談。「立后を検討している」という言葉――「皇后となるからには、信頼のおける者でなければな」という言葉。朱心の前に行くと、それを思い出してしまう。

（だから何度も言っているでしょう、英鈴！）

自分で自分に、必死に言い聞かせる。

（私は服用法を極めた薬師になりたいだけで、陛下のお気に入りの妃になりたいわけじゃないし！　ましてや、こ、皇后陛下にだなんて……あり得ない。身分が違いすぎるもの）

そう、こうして薬童代理としての任をこなし、皇帝陛下に満足してもらえている。

この現状だって、本当に恵まれたものなのだ。

だから今自分がするべきなのは、さらに薬学の知識と腕を磨くことであって——あれこれと思い悩むことではないのであって——

（もう、やめやめ！　いくら考えたってキリがないもの）

心の中で強引に言い放ち、思考が堂々巡りするのを止める。

その時ふと頭を過ぎったのは、永景街にある実家・「董大薬店」だった。

（永景街の高台で儀式、か）

幼い時から景色の一部として親しんできたあの高台で、重陽の節句の時、皇帝陛下や皇后陛下、お妃様たちが儀式をするのだというのはもちろん、両親に聞かされて知っていた。

でも、まさか自分がそのお妃様の一員として儀式に参加するだなんて。

昔の自分に言っても、それに両親に言っても、きっと信じてくれないだろう。

そう、両親には未だに、英鈴は「宮女として働いている」ということにしてある。便りによれば二人とも元気にしているし、こちらのことも心配ない、と伝えているけれど——

（妃になったから、もう二人には、簡単には会えないんだろうな）

それを思うと、満たされた日々であっても、ほんの少しだけ寂しくなる。

（……ううん。二人が元気で、私も元気なら、それでいいじゃない）

何よりも今は、自分の夢に向かって努力を重ねなければならない身なのだから。

気持ちを前向きなものに切り替えると、英鈴はすたすたと宮中を歩くのだった。

＊＊＊

自室に戻ると、すぐに英鈴自身の昼餉の時間になった。今日の献立は里芋と鶏肉に豆板醤で味をつけた西域風の煮物と、季節のキノコのあんかけが中に入った、柔らかな饅頭である。

とろとろした芋のほっこりした感触に、香辛料のきいた鶏肉のピリッとした風味が混ざりあい、舌を楽しませる。饅頭のほうは、ほんのりと甘く温かな味わいが、自然と心を落ち着かせてくれた。

（一仕事終わった後に、ちょうどいい食事だったかも……）

すっかり満たされた気持ちになった英鈴が、椅子に腰かけたままほっと息を吐いていると、ひょこりと近づいてきた人影があった。

「ねえ、英鈴！」

明るい調子で声をかけてきたのは、宮女の雪花。かつては同僚として同じ主に仕えていた身であり、今は便宜上「お付き」として英鈴を支えてくれている、一番の友人である。見るからに人懐っこい面持ちに満面の笑みを浮かべて、彼女は続きを口にした。

「この後のこと、覚えてる？」

「えっ？」

突然の問いかけに英鈴がきょとんとすると、雪花は「やっぱり」と苦笑する。

「今日はこの後、楊太儀様と一緒にお茶をする予定でしょ！　ほら、北にある杏州から珍しいお菓子が届くからって」

「あ……！」

そういえば、そうだった。

北の杏州に住まう皇族から、先日、皇帝陛下に季節の贈り物があり――それを陛下が後宮の妃嬪たちに下賜する、という形で、今日は妃嬪たち全員に特別な菓子が振る舞われる予定になっている。

そして楊太儀は、大切な友人だ。周囲の女性たちと距離があり、ともすれば孤独になりがちな英鈴を、彼女は何かと気にかけてくれ、折に触れて部屋に遊びに来てくれる。

そんなありがたい彼女の来訪の予定を、うっかり忘れていたなんて――重陽の節句の行事を忘れていた件といい、どうにも、我ながら気が抜けてしまっている。

（気をつけなきゃ……）

「ねえねえ、やっぱり」

　自戒する英鈴に対し、ぐいっと顔を近づけて、雪花は言った。

「今日のお仕事が終わるまで、ちょっといっぱいいっぱいだったんじゃないの？　ここ最近、お薬の研究をしてる時以外は、しょっちゅう思いつめた顔をしていたもの」

「そうかな……」

「そんなに、陛下のことが気になっちゃってる感じ？」

「ちょっ」

　途端に、顔に熱いものがこみ上げてくる。

「ちょっと雪花！　そ、そんなわけないじゃない。私は薬童代理として……」

「本当に～？」

　雪花はころころと笑った。

「あの林檎の月餅を食べたら陛下はどんな顔をするかなって、考えてたんじゃないの？」

「雪花！」

「あっ、そろそろお菓子が配られる時間かな。早く厨に行かなくっちゃ！　では失礼いたします、貴妃様」

わざとらしく恭しい礼をしてから、雪花は部屋を退出していった。

他の宮女たちも昼餉の食器の片付けなどで外に出ているから、今ここにいるのは英鈴一人である。英鈴自身が平民の出なこともあって、董貴妃付きの宮女はそれほど多くないのだ。──しんとした部屋で、英鈴は少しむすっとした。

「ま、まったくもう……！」

なんとなくバツが悪いような気持ちになって、無言のまま食卓を指で撫でていると──

「ごめんくださいませ」

扉の向こうから、馴染みのある女性の声がする。楊太儀だ！

「い、いらっしゃいませ！」

こちらが返事をすると、楊太儀はすぐに部屋に入ってきた。今日も大輪の牡丹のごとき匂い立つような美貌の彼女は、英鈴の姿を見ると、上品に微笑んで礼の姿勢を取る。

「董貴妃様には、ご機嫌麗しく。お約束通り、参上いたしましたわ」

「こんにちは、楊太儀様」

宮女の時の癖が抜けないまま『様』をつけて呼ぶ英鈴に、楊太儀はもう一度お辞儀する。

その足元では、茶色いふわふわした毛の小犬が、元気そうに尻尾を振っていた。

「あらっ、小茶！」

意外な客は、名を呼ばれて「わん」と小さく吠えると、さらに千切れんばかりに尻尾を振って応えてくれる。

「わたくしだけではなんですから、小茶も連れてまいりましたの」

何名かのお付きの宮女たちを控えさせた楊太儀は、しずしずと部屋に入りながら、穏やかに言った。その手には、蓋がされた漆塗りの平箱を持っている。どうやらあれが、例の珍しいお菓子のようだ。

「こちら、もう貴妃様はご覧になりまして？」

「いいえ。今、雪花が受け取りに行ってくれているところで」

英鈴が席を勧めると、楊太儀は礼儀正しくそこに座った。そして食卓の上に平箱を置き、静かに蓋を開ける。そこには――

「わあ……！」

思わず、感嘆の声が口を衝いて出た。

箱には、まるで宝石のように輝く、見たこともない菓子がぎっしり詰まっていた。

無花果、山査子、梨、大根、それに干した苦瓜など――様々な果実や野菜を丸く切ったものに、薄く砂糖が塗されている。さらにそれが串に刺さって並んでいるのが、まるで糸に連なった宝玉のようで、見た目にも美しい。

「杏州の名物で、『氷糖葫芦』という名だそうですわ」

　こちらの反応に目を細めつつ、楊太儀は説明する。

「元は杏州の民たちが食べているものだそうですけれど、かの地にお住まいの皇族様がたいへんお気に召したとのことで……それを陛下へお贈りになったんですの」

「なるほど。陛下は甘いものがお好きですし、ぴったりな贈り物ですね」

　我知らず目を輝かせつつ、英鈴は実感を込めて頷いた。

　するとその時、また廊下のほうから声が聞こえた。

「お待たせしましたーっ！」

　ウキウキした様子で現れたのは、厨から戻ってきた雪花である。捧げ持っているのは、楊太儀のものと同じ――否、少し豪華な装飾の施された平箱だ。貴妃である英鈴への贈り物は、翡翠がちりばめられた箱に入れられる決まりとなっている。

「厨が宮女でいっぱいになってきてたから、急いで貰って帰ってきちゃった……って……こ、これは楊太儀様」

　従一品の嬪が部屋に既に来ていたのを知り、慌てて雪花は畏まった礼の姿勢を取る。

「ようこそいらっしゃいました。席を外しておりまして、たいへん申し訳……」

「いいんですのよ、今さらですわ」

楊太儀は、気さくに答える。

「それよりも、早く貴妃様にその箱をお渡しになってはいかが？　わたくしも、早く頂戴したいですもの」

「ありがとう雪花、一緒に食べましょう」

「はっ……それでは！」

雪花はぱっといつもの調子に戻ると、彼女自身待ちきれないといった雰囲気で、お菓子をこちらに運んでくる。

「董貴妃様。これが、杏州からの菓子で……」

言いながら、雪花は食卓に置いた箱の蓋に触れ、ゆっくりとそれを持ち上げていく。

そして蓋が箱から離れ、わずかに隙間が生まれた――その時だ。

チュチュッ、というか細い鳴き声が聞こえたかと思うと、何か小さな黒い影が、さっと箱から飛び出してきた。

「わ!?」

「きゃあぁあああっ！」

英鈴よりも大きな声で、楊太儀が絹を裂いたような悲鳴をあげた。主の異変を察知した小茶が唸り、牙を剝いて吼えると、箱から駆け出してきた「それ」は部屋の隅に留まり、じっと様子を窺っている。

「ネ、ネッ、ネズミ!?」

信じられないものを見た、という瞳で、楊太儀は箱から飛び出てきたネズミ——尾が長く、身体がどす黒いドブネズミだ——を見つめている。

英鈴はといえば、今は驚きよりも呆れの気持ちのほうが大きかった。

またか、と思ったからだ。

「大変……！　みんな、早く捕まえて！」

一方で雪花は、ちょうど戻ってきた他の宮女たちに指示を出し、ネズミを捕まえようとしている。しかし相手は相当すばしっこく、小さな簞笥の裏にさっと隠れてしまった。

「え、英鈴～」

敬語も忘れて、雪花がしゅんとした様子で頭を垂れる。

「ごめんね……お菓子で浮かれてて、確認するのを忘れてたみたい」

「いいのよ雪花、気にしないで。ええと、でも、久しぶりよね。せっかく最近はなくなってきたと思っていたのに……」

「久しぶりですって!?」

弾かれたようにこちらを見やった、楊太儀の視線に射られる。

「どっ、どういうことですの貴妃様！　菓子にネズミが入っているだなんて、今すぐ厨の者たちを呼び出して……！」

「い、いいえ太儀様！　違うんですよ。厨の人たちのせいではなくて」

目にうっすら涙を浮かべて、我がことのように怒っている太儀を宥(なだ)めつつ、英鈴は言う。

「つまりその……これは、なんていうか」

「全部、呂賢妃(りょけんひ)様のところの宮女たちのせいなんですよ！」

ぷんぷんと憤りながらこちらの言葉を遮り、雪花は語った。

彼女の説明を聞いている楊太儀の顔が、青くなり、次いでさらなる怒りに赤くなっていくのを見ながら、英鈴は思う。――やっぱり、後宮の毒は根深いものだ、と。


後宮の妃嬪たちのうちに、「妃」は四人いた。そして貴妃である英鈴を除く三人のうち、英鈴に対して敵対的な妃は二人――黄徳妃(こうとくひ)と、呂賢妃だった。

黄徳妃は英鈴を陥れるために、その名を騙(かた)り中毒性の高い安眠茶を後宮内に蔓延(まんえん)させるという事件を起こした。そのため彼女は実行犯として嬪に降格され、自室で謹慎中である。

一方で呂賢妃一派のほうは、直接的な手出しはしなかったものの、事件の時以来ずっと、こちらを目の敵にしたままである。寡黙で、たまに毒舌を吐いてくるだけの呂賢妃本人はともかく、彼女の取り巻きである月倫をはじめとした宮女たちは困りものだ。

彼女らは、呂賢妃の競争相手だった黄徳妃が失脚した後、まるでタガが外れたかのように、英鈴への嫌がらせを始めたのだ。しかも、非常にちまちましたものばかり。

（うちの部屋の前にわざとゴミを散らかすとか、よく通る廊下を水浸しにしておくとか……遠くからクスクス笑われるのなんて、日常茶飯事だったし）

英鈴たちはその都度抗議したり、対抗したりはしているのだが、月倫たちにとぼけられ、なかなか状況がよくならない日々が続いていた。

一度、食べ物に害虫を入れられそうになって以来、厨から運ばれる食事については、雪花たち宮女がかなり目を光らせていたはずだった。

ところがここ七日ほど、呂賢妃一派からの嫌がらせはぱったりなくなっていた。

さすがの彼女らも、もう英鈴を相手にするのに飽きたのだろうか――なんて少しでも気を抜いたら、これである。

（きっと今日の嫌がらせを成功させるために、わざと大人しくしていたのね……！）

なんて用意周到なんだろう。その知恵を、人の役に立つことにでも使えばいいのに。

「まぁあ、なんてこと！」

話を聞き終えた楊太儀は、怒りで頬を真紅に染めたまま声をあげた。

「董貴妃様に嫌がらせだなんて、本当に根性のねじ曲がった、卑しい方々ですこと！　すぐに陛下にご報告して……」

そこまで言って、太儀ははたと何かに気づいたように語勢を落として俯く。

「いえ、陛下は公正なお方。これが呂賢妃様の宮女たちの手によるものだという確たる証拠がなくては、動いてはくださらないでしょうね……」

「え、ええ」

英鈴は曖昧に頷いた。

皇帝・朱心は、表向きには温和で篤実、どんな時でも公正で中庸を重んじる性格——と、いうことになっている。実際のところは「証拠もないのに英鈴に肩入れすると、表の顔で築き上げてきた『中庸』という印象が崩れてしまうから」という理由で、この件には対応してくれないだけなのだけれど。

あるいは、英鈴ならこの程度なんとかできると思って、あえて突き放しているのかもしれない。確かに命にかかわるような状況ではないし、なんとかなってはいる。しかし——

（まさかよりによって、楊太儀様がいらしている時にこんなことをするなんて）

大事な客人であり、友人である彼女を驚かせるなんて、許せない。

今度こそ証拠を摑んで、呂賢妃の一派にはきっちり謝ってもらわなくては。

そう思いつつ、英鈴は視線を部屋の隅に移した。宮女たちと小茶に睨（にら）まれる中、簞笥の裏に逃げていたネズミは、ちょうどごそごそと上に登ってきたところのようだった。

壁と簞笥の隙間からその身を覗（のぞ）かせ、簞笥の上へと登り詰めたネズミは、鼻をひくひくと動かして辺りを探るような動きをし――


「チギギィッ……！」

「え⁉」


にわかに、苦しみだした。宮女たちが何かしたのでもないし、小茶も何もしていない。

小茶はネズミの様子がおかしいのに気づくと、すぐさま主である楊太儀の懐に飛び込み、じっとしている。

(何が……⁉)

驚きに満たされたままの視界の中で、一声悲鳴をあげた姿勢のまま固まっていたネズミは、そのままぶるぶると痙攣（けいれん）をはじめた。そしてその身体ががくんと反り、まるで弓のような形になっていく。

——まさか。

英鈴は、ほとんど反射的に、さっきネズミが飛び出してきた箱の中身を見やった。

雪花が開けかけた蓋(ふた)で半分覆われているのは、箱に収められた氷糖葫芦。その緑色の玉、恐らくは干した苦瓜と思われるものに、いくつか齧(かじ)られた跡がある。

(これは……!)

瞬間、答えを察知した英鈴の決断は早かった。

「雪花、今すぐ太儀様と小茶に、お部屋にお戻りいただいて。それから、他の宮女たちに頼んで、似たようなことが他の妃嬪(ひひん)がたのところで起こっていないか調べてきて!」

「えっ、え……?」

「毒よ! 万が一気化するものだったら、ここにいたら危険なの!」

きっぱりこちらがそう言い放つと——戸惑っていた雪花は、きりっと表情を険しくした。

「わ、わかった! さあ太儀様、こちらへ!」

「そんなっ、貴妃様は……?」

「私は大丈夫。それより、この毒の種類を調べないと」

怖いと思う気持ちより、薬師志望(くすし)としての義務感のほうが、心の中を大きく占めていた。

心配そうに部屋を退出していく楊太儀たちに一礼してから、英鈴は毒の対策として、気休めではあるが口元に布を巻き、静かに部屋の窓を開けた。そしてゆっくりと、簞笥の上で動かなくなってしまったネズミの近くに歩み寄っていく。

ネズミは、死んでいた。その背中を大きく反らした状態で、虚空に向けて見開かれたままの黒い目には、もう何も映らなくなっている。

（……かわいそうに）

胸に去来したのは、そんな言葉だった。いくら害獣とはいえ、こんなふうに殺されるだなんて、あまりにも不憫だ。

とはいえ、状況をはっきりさせなくては。

ネズミはあの箱の中から飛び出してきて、その後毒の症状が出て死んだ。恐らく、毒が仕込まれていた菓子を、箱にいる間に齧って食べたせいだ。

そして、発症するまでの時間が短いこと——さらにネズミが見せた激しい痙攣と、弓のように反ったあの死体の様子から考えると、毒の種類は一つしか思い当たらない。

（馬銭子だ……！）

思わず、喉をごくりと鳴らしてしまう。

馬銭子は薬となる草木の一つであり、主に胃薬や鎮痛剤として使われる。ただし熟達した薬師が、細心の注意を払って取り扱うべきものというのが、薬売り界隈での常識である。

なぜなら馬銭子は、人差し指の先にも満たないほどの大きさの種たった一粒で、大の大人を簡単に殺してしまうほど、恐ろしい毒性を持つからである。

飲んでしばらく経つと全身が痙攣し、人間であれば顔が引き攣り、まるで笑っているような表情になる。その後、背を反った姿勢に筋肉が硬直し、犠牲者は最期まで意識を失うことのないまま、強烈な痛みに苛まれつつ、呼吸ができなくなって死ぬ、という——

(でも確か、馬銭子はとても苦い味がするはず)

それは爪の先にのるほどの量を水に入れただけだとしても、苦みを感じるほどに強いものだと聞いたことがある。

そんな味のするものを、菓子の中に——？　そこまで考えて、また英鈴ははっとした。

そうだ。ネズミが齧ったあの菓子は、苦瓜を使っていた。

「わざと苦瓜に塗して、毒だとわからなくしたんだ……！」

元が苦いものなのだから、例えばもし英鈴が齧って苦いと感じたとしても、「そういう味なんだ」と納得してしまい、毒には気づかなかっただろう。

この毒を仕込んだ犯人は、間違いなく薬毒に詳しい人物だ。馬銭子の性質を知ったうえで、巧妙に隠す策を講じているのだから。

もしネズミが箱の中にいなかったなら、もし気づかずに食べていたなら、今頃床の上で弓なりになって死んでいたのは自分だ。そう、つまりこの毒は――

(私を殺すつもりで入れられた、ってこと……!?)

今さらながらその「事実」に気づき、背筋をぞくりと悪寒が走る。

それにもしこれと同じ毒が、他の妃嬪たちの菓子にも入れられていたとしたら。

「……っ!」

今までに感じたことのないすさまじい怖気に、英鈴は震えた。纏っている裙を、両手できゅっと摑む。下唇を嚙む歯が、震えているのが自分でもわかる。

殺されるところだった。そして、誰かが既に殺されているかも。そう理解した今、部屋に一人でいるのがたまらなく不安になってくる。誰か戻ってきてくれたら――そう思った時、耳に届いたのは、ぱたぱたという足音である。

「英鈴! 戻ったよ!」

「雪花……!」

不安のあまり、英鈴は雪花が部屋に入るのを待つことなく、廊下に飛び出した。帰ってきた親友はこちらの表情を見て最初は驚いた様子だったが、やがて、そっと微笑んで肩に手を置いた。

「大丈夫、安心して。他の妃嬪たちのところでは、こんなこと起きてないって! もう全部お菓子を食べちゃってる人もいたくらいだし」

「そう……ありがとう」

冷たくなりかけていた心が、わずかではあっても、温かくなった。

後宮の妃嬪を無差別に狙った毒ではなかったらしい――そのことは、一つ安心できる。

けれど、そうなると問題なのは、毒を入れられたのが英鈴だけだということだ。

(後宮にいる人なら誰でも、あの翡翠の箱は貴妃が使うものだと知っているはず)

するとあの箱の菓子に毒を入れた犯人の狙いは、明らかに、英鈴だけにある。

すなわち馬銭子の毒は紛れもなく、英鈴を暗殺するために仕込まれたものだ。

誰かが、本気で、自分の命を狙っている――

「……!」

再び、強く裙を摑む。すると雪花は肩に置いた手の力を強くして、静かに語る。

「楊太儀様も、無事にお部屋に戻られたよ。英鈴のこと、すごく心配してたけど」

「……よかった。とんでもないところをお見せしてしまったもの……」

ふう、と息を吐き――肩に置かれたままの雪花の手が、とても温かいのに気づいた。それと同時に、楊太儀の不安そうな顔を思い出す。

心配してくれている人たちがいる。だからこそ、そう、怖がってばかりではいられない。

調べなくては。

誰がこんな危険な毒を使ったのか。毒はどこで混入されてしまったのか。

そもそも本当に馬銭子が使われたのか、苦瓜に塗られていたのかだって、きちんと調べなくては断定できない。

この後宮に今いる人間の中で、一番薬毒に詳しいのは、他ならぬ自分だ。だったら、自分にできるのはただ震えていることじゃない。真実を見極めなくてはならない。

「雪花、戻ってきたばかりのところ悪いけれど、手伝って」

「うん、わかった！　……でも、何すればいいの？」

「箱に入ってるお菓子の保管……あと、ネズミの死体を解剖して調べるから、その手伝い」

こちらが静かにそう告げると、雪花はあからさまに表情を歪(ゆが)めた。

「うぇえっ!?　解剖って……ほ、本当に……？」

「し、仕方ないじゃない。ネズミが本当にあのお菓子を食べて死んでしまったのか、はっきりさせないと」

語りつつ、英鈴は雪花と共に自室に戻った。

扉を通り、中に足を一歩踏み入れたところで――

「……え？」

今日何度目かになる、啞然とした声が漏れる。

あの菓子が入った箱も、そして部屋の簞笥の上にあったはずのネズミの死体も――なんと両方とも、忽然と姿を消していた。窓は、さっき開け放っておいたままだった。

「これって……！」

英鈴も、雪花も、揃って息を吞む。何者かが、証拠を隠滅したのだ。

＊＊＊

その日の夕刻。

夕餉の前の薬童代理としての仕事の席で、英鈴はすぐさま朱心に事の顚末を報告した。

「そういうわけで、誰かが……私の命を狙ったようなんです」

「……」

肘掛けにもたれ、頰杖をつきながらこちらを見つめている朱心は、無言のままである。

その面持ちもまた、口元を固く結び、わずかに目つきを鋭くしている他は、何も感情が読み取れないものだった。

（あ……あれ？）

つい、戸惑ってしまう。

朱心のことだから、こちらの話を聞いて怒ったり悲しんだりはしないだろうけれど、例えば少しは興味深そうにするとか、あるいは「それは難儀だな、董貴妃」なんて言って笑うとか――そういう反応を、見せるだろうと思っていたのに。

彼はこちらが話しはじめてから、というより部屋に入ってからずっと、ほとんど無言を貫いていた。表情もまったく変わらず、ただ、こちらをじっと見ているだけだ。

（こんな陛下を見るの、初めてかも……）

もしや、要領を得ない話し方をしてしまっただろうか？　自分としては、「陛下に言いつけてやる！」なんていう気持ちはもちろんなくて、ただ、こちらの状況を知ってほしかっただけなのだけれど――

不安が過ぎり、口を閉ざした英鈴は、そっと胸元に手をやった。

すると、朱心の唇がおもむろに動く。

「……そうか」

端的に紡がれた返事。それから、彼はさらに冷淡に告げた。

「それは――お前自身の問題だな、董貴妃」

「えっ」

いつもながらの冷酷な声音で放たれた言葉を耳にした途端、なぜか、胸の中心が射られたようにじわりと痛んだ。まるでそれに合わせたかのように、さらに朱心は言う。

「それを聞かされた私に対し、何を期待している？」

彼の瞳が、さらに冷たい光を宿してこちらを見やった。

「確かにお前の話を信じるなら、状況からしてお前の命が狙われたのは明白だ。だが肝心の菓子や、そのネズミの死体はどこにある」

「そ、それは！」

思わず英鈴は抗弁した。

「先ほど申し上げた通りです。窓から誰かが持ち去ってしまったようで……」

「だから証拠はないが、言うことを信じろ、と？」

フン、と低く彼は鼻を鳴らす。

「ずいぶんと都合のよい話だな。信じるに値すると思っているのか？」

「そんなっ……！」

口を衝いて出そうになった反論を呑み込み、英鈴は俯いた。

——朱心が心配してくれる、なんて思ってはいなかったはずだ。けれど今、彼は信じてくれてすらいないらしい。突き放されてしまった。

そう思ったら、胸の痛みがさらに激しいものになっていく。じくじくした苦痛が全身に拡がっていって、そのまま身体が動かなくなってしまいそうだ。けれど——

（そうね……すごく、陛下らしい判断かも）

頭の片隅には、納得している自分がいるのも確かだった。

日中、楊太儀が言っていた通りだ。朱心は、確たる証拠がなくては決して動かない。

そして、英鈴の手元には証拠なんてない。

もちろん雪花や楊太儀の目撃証言はあるかもしれない。でも、彼女たちが英鈴の友人であるというのは周知の事実だ。つまり、「中立性のある証言」ではない。

だから今、朱心が何もしてくれないのは、当然だ。

そう考えると少し、胸の内に走った衝撃は和らいでいく。

「そもそも」

と、朱心は頬杖の姿勢を解いて口を開いた。唇はうっすらと、酷薄な弧を描いている。

「わざわざお前に聞かずとも、既にその報告は受けている。董貴妃の食べるはずだった菓子に、ネズミと毒が仕込まれていたと——さらに一部の嬪（ひん）からは、それが自作自演だという訴えもあったな」

「なっ……！」

聞き捨てならない話が聞こえ、つい目を見開いてしまうと、朱心はさらに続けて言う。

「お前が私の関心を引くため、自らの伝手(つて)で毒を手に入れ、騒ぎを起こしたのだと……フッ。お前の主張同様、こちらにもまた証拠などないがな」

「……」

「ともあれだ」

朱心は、ひたとこちらを見据えて告げた。

「董貴妃。もしお前が本当に命を狙われたのだとするなら、まずはその証拠を見せてみよ。もしくは己自身でなんとかすることだ。無駄話で私を煩わせるな」

「っ！」

予想していたよりも強い拒絶の言葉に、唇を噛む。

「……畏(おそ)れながら」

「お前は黙っていよ、燕志」

「かしこまりました」

何か言おうとした燕志もまた、制止されて口を閉ざした。

わずかばかりの静寂。その後に、再び言葉を発したのは朱心だった。

「用件はそれだけか？　ならば、下がるがいい」

「──はい」

絞り出すように告げて、英鈴は皇帝に対する礼をした。それから、踵を返して部屋から退出する。

「……」

胸の内は、冷たくなっている。けれど、決して悲しいわけではなかった。

逆に、澄み渡ったような決意が、腹の底から湧いてくるようだった。

(……やっぱりね。知ってたはずでしょ、こうなることくらい)

後宮に入って以来、英鈴の身には、幾度となく困難が押し寄せてきた。

そしてその度に思い知らされてきたのだ──朱心は、本当に事態が差し迫った時にだけ、手を差し伸べてくれるのだと。

それ以外の時は、自分自身でなんとかしなければならないのだと。

(わかりました、陛下。あなたがそのつもりなら)

拳を強く、強く握りながら廊下を進む。

行く先は、後宮の厨。雪花と待ち合わせているのだ。

(私は、私の力だけで、この事件を解決してみせる。薬師の命を毒で狙うだなんて、いい度胸してるじゃないの！)

薬毒を悪用する犯人には、必ず然るべき報いを与えなければならない。

そのために証拠が必要だというのなら、自力でそれを集めてみせるまでだ！

自分を奮い立たせつつ、英鈴は歩を進めるのだった。

＊＊＊

厨に着いてみると、そこには、雪花以外誰もいなかった。

いくつもの竈と調理台が並んだその部屋は整然と片づけられており、今は食材も料理道具も仕舞われていて、どこにもない。

ただそこかしこに置かれた灯りだけが、ゆらゆらと周囲を照らしていた。

これだけ人気がなければ、そっと調べるのにはもってこいだ。

「夕食の配膳も、もう終わっちゃったの」

雪花が、後ろからそっと話しかけてきた。

「英鈴、けっこう長く陛下のところにいたよね。どうだった？　心配してくださった？」

「ううん」

「あっ、英鈴！」

厨を眺めつつ、ゆっくりと、首を横に振る。

「なんていうか……証拠がないから信用できない、って言われたわ。それに誰か……他の嬪から、私が自作自演をしたんじゃないかって話も聞いているって」

「何それ!!」

途端に声を荒らげて、雪花は言った。

「わかった、それってきっと呂賢妃とか徐順儀とかの仕業だよ！」

「徐順儀って」

「覚えてるでしょ？　英鈴が助けてあげたのに、全然感謝しなかった嬪！」

「ああ……」

返事をしながら振り返ると、雪花は全身で憤懣を表現していた。

その姿を見てちょっと和みつつ、英鈴は記憶を辿る。

「そっか、安眠茶で中毒になりかけてたのを薬で助けた、あの」

「そう！　あの人のところにいる宮女って、数が多いし噂好きだし……しょっちゅう人の悪口ばっかり言ってるんだよ」

「じゃあ、また変な噂が広まるかもしれないってことね」

腰に手を当てて、ふむと唸る。妙な噂を立てられるの自体は、本当にもう、慣れっこだ。

だけどこの状況——やっぱり、自分でなんとかしない限り、どうにもならないらしい。

「ねえ、雪花」

憤っている友人を手でそっと宥めつつ、問いかける。

「厨の人たちには、話は聞けた？　その……怪しい人がいたとかいうことは」

「うーん、それなんだけどね」

雪花は、頬に手をやって応える。

「調理人さんたちから、配膳をやっている人たちにまで、片っ端から聞いてみたけど……怪しい人影なんて、全然なかったって言われちゃって。かといって、ここで働いている人のうちの誰かが、英鈴の命を狙ったっていうのも違うと思うの。みんな、ずいぶん古くからいる人たちばかりだもの」

「うーん……なるほど」

少し俯きつつ、相槌を打つ。

例えば、これまでに見かけたことのない人物の姿を見たとか、新人が入ってきたばかりだとか——そういう事実があるなら、話は早い。怪しいのはその人物だからだ。

けれど雪花によれば、そういったことは一切なさそうである。

いったい犯人はどうやって、菓子に毒を仕込んだのだろうか。そして、何者なのだろう。

「ねえねえ」

　雪花は、勢い込んだ様子で言った。

「やっぱり、犯人は呂賢妃の一派なんじゃないの？　だって、一番そういうことしそうじゃない、あの人たち！」

「それは……違う気がする」

　英鈴は、考えながらも否定する。

「だって、もしあの人たちが犯人なら、箱の中にネズミなんて入れないと思うの。あのネズミがいたからこそ、私は毒のお菓子を食べずに済んだわけじゃない」

「う～ん、それは……そっか」

　雪花はむっと唇を尖らせつつも、頷く。それに合わせて、英鈴は続けた。

「例えばネズミを入れたのは徐順儀の一派で、毒を入れたのは呂賢妃の一派……互いに企みを知らなかったせいで偶然こんな状況になってしまった、という可能性も、一応は考えられると思うの。でもネズミとお菓子を両方とも持ち去ってしまった手腕から考えても、犯人はただの宮女ではなくて、なんというか、もっと手練れだと思うんだけど」

　改めて、清潔な厨の様子に目を向ける。

「……何か、手がかりはないかしら」

「うん、手分けして探そう！」

両手で拳を作って意気込む雪花に対し、こくりと首肯する。そう、例えば馬銭子そのものがここに残されていたりしたら、それだけで証拠になるのだけれど。

英鈴と雪花は、共に厨を片っ端から調べていった。

そして、結論から言えば——特に何も、それらしいものは見つけられなかったのである。

「むう～、こんなことってある⁉」

再び、雪花は憤慨している。

「あんな怖いことがあったのに、陛下も信じてくれないし、証拠も出てこないなんて！なんで英鈴ばっかり、こんな目に遭わなきゃいけないの！」

「まあまあ雪花、落ち着いて」

本人より怒ってくれている彼女を、両手で制しながら言う。

「少なくとも、調べてみるのは無駄じゃないから。何もないってわかっただけでも」

と、語りながら厨の隅に視線を向けたところで——

「……あれ？」

英鈴は、わずかな違和感を覚えた。

調理台の下、隅のほうに、何か引っかかっている。

小さな、茶色い——紙片のように見える。

（何、あれ……？）

そっと近寄って拾ってみたそれは、やはりかさついた紙片だった。大きな紙から千切り取られた切れ端のようだ。

しかも、ただの紙ではない。英鈴にとっては、かなり馴染み深いものだ。

「どうしたの？」

「これ、薬包紙みたい」

ぽつりと呟くように、雪花に告げる。

薬包紙とは、粉薬を包むために使われる紙だ。蠟が全面に塗られており、薬を安全に、長期に渡って保存できるようにするものである。

（しかもこれ、かなり上質の蜜蠟を使ってる。こんなの、実家でもほとんど見たことない）

そればかりでなく、この薬包紙には——

「何か描いてある……？」

灯りにそっと透かしてみると、その絵柄がはっきりと見えた。

それは花の絵だった。五枚の丸い花弁を持つ小さな花が三輪、それなりに精巧な筆致で、並んで描かれている。そしてその花々は、正五角形の図形で囲われていた。

どうやら表面の様子を見るに、一度紙に絵を描き、その上に蠟を塗って、この薬包紙は作られているようだ。手が込んでいる。

(変わった絵ね……そもそも絵が入っているなんて、珍しい薬包紙だけれど)

英鈴がしばしそれをじっと見つめていると、後ろから、雪花が不安げに言った。

「ねえ、それが薬を包む紙ってことなら……もしかしてそれに馬銭子とかっていう名前の毒が、包まれていたってこと?」

「そうかも。でも、馬銭子自体は残っていないみたいね」

紙の表面には何もくっついていない――粉末すらも。

だからこれ自体に、今回の事件と何か関係があるとは言い切れないけれど――

「ひとまず、部屋に戻りましょう」

袂(たもと)から取り出した手布(しゅきん)に紙をのせて回収すると、英鈴は、雪花と共に自室に帰るのだった。

第二章　英鈴、千載一遇を得ること

ひとまず英鈴（えいりん）の食事については、これから雪花（せっか）たちお付きの宮女が今まで以上に目を光らせることになった。

妃の食事は通常、厨（くりや）で毒見されてから配膳される。雪花はそれに加えて部屋に運んだ後も毒見をする、と言ってくれたが、そんなことをしてもらってもし彼女の命が危険に晒（さら）されたら、英鈴も耐えられない。

だからその代わりに、厨で調理される現場から、ここに運ばれてくるまでを監視していてほしい――と頼むと、雪花も、他の宮女たちも、快く引き受けてくれた。

（だからご飯についてはしばらく安心……と思うけど……）

無事に朝餉（あさげ）を終えた後、英鈴は、そっと手布を開いて例の薬包紙の切れ端を見やった。手がかりと言えるのは、現状ではこれしかない。

今日も朝餉の前、朱心（しゅしん）のところに出向いて薬童代理の仕事をした。それでも、朱心から何か助言や助けがあるわけではなかった。

彼はいつも通りの態度で例の林檎月餅を食べ、下がっていい、と英鈴を帰しただけだったのだ。

(まあ……そうだろうとは思っていたけどね)

だからこそ、英鈴は昨晩のうちに、雪花に頼んで面会希望を取り付けておいたのだ。

この後宮において、英鈴の「味方」といえる唯一の妃――

燕志の姉であり、故あって先帝の時代から後宮にいる女性、王淑妃に。

「いらっしゃい、董貴妃殿」

今日も輝く銀髪と、きりりとした美貌を湛えた王淑妃は、寝台に腰かけてこちらを出迎えた。寝台に取り付けられている机の上には、たくさんの書き物がある。

「あの……お時間を頂戴してしまい、すみません」

「あら、気にしないで。何かあった時はいつでも歓迎するって言ったでしょう？　それに」

と――彼女は、ずいっとこちらに身を乗り出してきた。

「うちの麗和から聞いたわ、暗殺されかけたんですって？　大変だったわね……ちょっと、詳しく事情を聞かせてくれない？」

大変だったわねと言いつつ、こちらを見るその瞳には興味津々の色しか映っていない。

武侠小説の執筆を何よりの趣味としていて、その題材を常に探している、ちょっと芸術家肌で風変りな彼女のことだ。

たぶん、この一件についてもいい「ネタ」になると思っているんだろうけれど——

「わ、わかりました」

彼女ほど、後宮の裏事情に詳しい人もいないのだ。何か手がかりを教えてくれるかもしれない。そう思い、英鈴は昨日の出来事について、細かな点まで丁寧に話した。

ふんふん、と頷きつつ話を聞いていた王淑妃は、ネズミの死にざまに話が至ったところで「あら」と、軽く驚いた様子で言葉を漏らす。

「それ、『後宮病』じゃない？」

「えっ……」

後宮病？　それなりに医術に詳しいつもりの英鈴であっても、そんな名前の病は、聞いたこともない。

こちらの表情の変化を見て、状況を察したのだろう王淑妃は、机にもたれていた身の姿勢を正して微笑んだ。

「聞いたことがないのも無理ないわ。だってこれ、後宮での隠語というか、あだ名というか——とにかく、ここでしか使われない言葉だと思うもの」

「そ、そうなんですか」

相槌を打つ英鈴に、王淑妃はさらに言葉を重ねた。

「暗殺だのなんだのが、これまでの後宮では当たり前だったって話は、前にしたわよね」

「はい。陛下が立太子されたばかりの頃はひどいものだったと、以前」

黄徳妃と呂賢妃との間の因縁について聞いた時に、そんな話があったのを覚えている。

「後宮病っていうのは、そういう状況で使われる言葉なのよ。つまりそれまで元気だった妃嬪や宦官が、突然原因不明の急病で死んでしまった時に、こう言うの。『あの方は、後宮病で亡くなってしまったのだ』……ってね」

「それって……！」

「そう、恐らくは暗殺ね。ただ、立場やらなんやらで表立ってそう言えない時に、言葉を濁すために使う隠語ってわけ。今の後宮は、ほら、陛下のお渡りもないし、それなりに平和でしょう？　だからこの言葉を使う機会もなかったけれど」

ふう——と、王淑妃は遠くを見るような眼差しで言う。

「昔はよくあったのよ。それこそ、黄徳妃殿の食事に毒が盛られたり、呂賢妃殿の飼い猫が殺されてしまったりしていた頃も……それよりずっと前からも」

そんなに古くから、恐ろしい事件が起こっていただなんて——

「あの、その暗殺は、どういった手段だったのですか？」

英鈴は、そっと質問を挟んだ。

「やはりその時から、お菓子に馬銭子が入れられていたのでしょうか。身体が痙攣して、死んでしまう毒が……？」

「いいえ、少し違うと思うわ。私は毒については素人だから、よくわからないけれど」

机の上に置かれていた筆を片手で弄びつつ、王淑妃は答える。

「そうね……例えば、花からとった蜜をかけた桃を食べた直後、後宮病で死んでしまった嬪の話を聞いたことがあるわね。先帝がご健在だった頃かしら」

「蜜かけの桃、ですか」

桃の実が毒になる、という話は聞いたことがない。桃の種、つまり「桃仁」にはわずかに毒性があるとされるが、常識を超えた量を一度に食べでもしない限りは発症しない。

となると、怪しいのは蜜だ。そういえば――

「石楠花の花は」

頬に手を当てて考えつつ、英鈴は語る。

「古来より、蜜に毒を含むと知られています。食べるとお腹を下してしまったり、吐き気がしたり……場合によっては、呼吸困難から死に至ると」

「あら！」

ぽん、と得心がいった様子で王淑妃は手を叩く。

「ただの花の蜜だからって、安心はできないものなのね。じゃあ、やっぱりそれも暗殺だったのかしら。他には……ニラの炒め物を食べたら、突然嘔吐が止まらなくなったっていう後宮病の話も聞いたけど」

「ニラ自体は栄養も豊富ですし、整腸作用もある滋味豊かな野菜です。ですがしばしば、他の似た形の毒草と間違えられることがあるそうです。例えば、水仙とか」

「水仙？　あの、白や黄色の花よね」

きょとんとした様子の王淑妃に、小さく頷いてから続けて語る。

「花は綺麗ですが、葉には毒性があるんです。気づかずに食べてしまうと、亡くなる場合もあるという話は、実家にいる時に聞きました。もし水仙の葉を、巧妙に料理に使ったのだとすれば」

「暗殺に使うのも可能、っていうわけね。なるほどなるほど」

言うなり王淑妃は、机に向かってすさまじい勢いで紙に筆を走らせはじめた。

「あー、ごめんなさいね。忘れないうちにネタ帳に書き付けておこうと思って」

——やっぱり。

「けれど、あなたの話を聞いていると、どうやら後宮病と呼ばれていたものには、やっぱり隠された原因があったのね。まあ、毒が盛られていたんだってわかっても、報復やなんかを恐れて口を噤んだ人のほうが多かったんでしょうけど」

ぱたりと手を止め、彼女はこちらを見やる。

「ともかく、食べ物に毒が入っていたっていう点では、あなたの身に起こった出来事と同じね。董貴妃殿」

「ええ。……そのようですね」

そっと胸に手を当てて、英鈴は考えた。

――王淑妃に説明している最中から、英鈴自身もそう思っていた。

今回の事例と、これまでの後宮病の事例は、手口が同じである。

つまり料理に混ぜた毒を、毒と気づかせずに食べさせ、相手を殺す。原因は明らかにされず、ただ、後宮病で亡くなったのだという言い訳だけが罷り通る。

そんな状況――そして、その手腕。

（まるで、『不苦の良薬』の逆みたい）

薬を薬と気づかせず、苦しみもなく飲ませるのが不苦の良薬なら――毒を毒と気づかせず、苦しみもなく食べさせるのは『不苦の猛毒』と言えようか。

ともかく一つはっきりしているのは、そんな所業ができるのは、やはり薬毒に精通した人間だけだということだ。

それぞれの毒の性質を熟知し、その効能を損なわせないように加工し、相手に気づかせずに服用させる——薬師の技術を持つ者でなくては、そんな行いは不可能なはずである。

そこまで考えて、はたと、頭に閃くものがあった。

「……黄徳妃様が阿片を入手していたのは、裏社会の薬売りからだったと聞きます」

静かに、王淑妃に語りかける。

「猛毒や、中毒性の高い薬を市井に流す商人の噂もありますし、食い詰め者の薬師が、そうした商人の下で働く場合もあるという話を……父から聞いたことがあります。もしかしたらこれまでの事件にも、そういう人々が関わっていたのかも」

「うーん、あり得る話ね！」

再び筆をとてつもない速さで動かしつつ、王淑妃は言う。

「邪魔者を消してほしいと思っている人間は、妃嬪でも宦官でも、後宮にはいくらでもいるし。裏社会に属する商人や薬師にとっては、後宮は『大口のお客様』でしょうね……実際、そんな話も昔聞いたことがあるような気がするわ」

「……！」

英鈴は、無言のまま表情を険しくした。

――薬の技術を悪用し、人を殺すことを生業とする、だなんて。

しかも今回ばかりじゃなく、ずっと長い間、そういう人間に頼ってきた人たちが後宮にいる、だなんて。そんな人々がいるのだとしたら、絶対に許せない。

それに、このまま放っておくわけにもいかない。

もし、例えば先帝の喪が明け、朱心の寵愛を巡り後宮の妃嬪の間での対立が激化するようなことがあれば、また後宮病が猛威を振るうかもしれないのだ。

（私だけじゃない。これまでの、これからの後宮の人たちのためにも）

――絶対に事件の証拠を得て、犯人を捕まえなくては。

強く英鈴は誓い、一方で、こうも思う。

（とはいえ、犯人を捕まえると言っても……まず、手がかり自体が全然ないのは変わりないのよね）

いくら英鈴の実家が薬売りといっても、繋がりがあるのは普通の、まともな商人や薬師ばかりである。裏社会についてなど、噂以上の知識はない。

それに、あの絵の描かれた薬包紙の切れ端の謎も、依然として残ったままだ。

（……落ち着いて考えてみよう）

例えば、この後宮で毒を手に入れようと思った誰かと、裏社会の商人がつるんでいるとして——その商人が、堂々と後宮まで定期的に御用聞きに来るとは考えづらい。

むしろ商人自身は禁城の外にいて、後宮からの使いを受けて仕事をするのだと考えるほうが自然である。

それに、少し目を離した隙に証拠を持ち去る犯人側の手際のよさも併せて考えると、このまま後宮の中で手がかりを探したところで、今以上に何か見つかるとも思えない。

となると、探すべきなのは後宮の中ではなく、外。街が一番だ。

(例えば、禁城近くの大きな街にでも行けたなら……そしてその街の薬店の人々や薬師たちにあの薬包紙を見せて、何か知っていることはないか聞けたらいいんだけど)

あれだけ上質で、しかも変わった図柄の入った薬包紙はそうそうない。使っている商店だって限られるはずだ。

だからもしあの薬包紙を実際に使っている薬店なり薬師なりを見つけることができれば、そこから暗殺の実行犯への繋がりを見つけ出すのは、そう難しくはないだろう。

(そうすると、なんとしても外に出たいところなんだけど……)

「うーん」

「あら、悩みごと?」

王淑妃の前なのに、つい考えに耽ってしまった。英鈴は、素直に彼女に心の内を明かして問いかける。

「あの……いくら淑妃様でも、妃が後宮の外に忍んで出て行く方法なんて、ご存じではありませんよね。街に出られれば、手がかりを探せると思ったのですけれど」

「そうねえ」

淑妃は、視線を天井に向けて考えつつ応える。

「まあ、さすがにそれはちょっとね。禁城は生半可な警備ではないし……それにもしうまく外に出られても、後で無断外出がばれたら、罪人扱いされてしまうわよ」

「ですよね……」

目を伏せた英鈴は、思わずため息をついた。

するとにわかに、王淑妃は視線を戻し――ぱんと軽く手を叩いてから、こちらに向かって言い放つ。

「ねえ、董貴妃殿。何も忍んで出て行く必要なんてないわ。堂々と出るのはどうかしら」

「えっ？」

どういう意味だろう――と問い返すと、彼女は優雅に小首を傾げる。

「明日、陛下が永景街の高台に視察に行かれるっていう話は知ってる？」

「え、ええ」

半ば虚を衝かれつつ、頷いた。

「薬童代理の仕事の際に、そのお話は伺いました」

「なら、あなた、それについて行っちゃえばいいのよ」

「ええっ!?」

思わず英鈴が声をあげると、淑妃はふふふと声を出して笑った。

「ほら、あなたはただの貴妃というだけじゃなく、薬童代理という立派な仕事を任されているじゃない。その仕事にかこつけて、なんとか理由をつけて陛下のお出かけに同行するの。それで、頃合いを見て街にこっそり出て行って、いろいろと調べてみるのよ」

「それは……」

最初は、反論するつもりで口を開いた——そんなことをできるはずがないと。

でも考えるうちに、だんだん、とてもいい案のように思えてくる。

「正式に陛下の許可を得て外に出るのだから、咎められる心配は当然ありませんし……一度禁城の外にさえ出てしまえば、街に行くのはなんとかなりそうな気がしますね」

「でしょう？　そういえば、あなたのご実家や街の人とかは、あなたが貴妃になったって知ってるの？」

「いえ。宮女として働いている、と伝えてあります」

——となれば、格好さえ少し変えれば、街を歩いていたとしても特に問題にはならない。

(本当は、そんなことをしないのが正しいんだろうけど……今は、手段を選んでいられない。早く犯人を捜し出さないといけないもの)

「わかりました」

やがて英鈴は、きっぱりと言い放つ。

「ご助言、ありがとうございます。この後、昼餉の前の仕事がありますので……その時に、陛下に伺ってみます」

「あら、すごい。勇敢だわ！　それに禁城の人間が身分を隠して街に出るなんて、なんだか小説の展開みたいじゃない」

そこまで言って何か思うところがあったのか、王淑妃は突然自分の胸に手を置いた。

「小説と同じ展開を現実で見るっていうのは、なかなか胸躍るものなのね……ちょっと興奮してきたわ。あなたのお蔭ね、貴妃殿」

「えっ？　あ、えーとそれは……何よりです」

喜んでいいのか、どうなのか。曖昧な答えを返す英鈴に、王淑妃はまた笑みを零す。

「私は無責任な応援しかできないけれど、でも、頑張ってね。あなたには、立派な足があるんだもの……少しくらい遠出しても、罰は当たらないわよ。ね？」

――自分の纏足をこちらに見せつつ、冗談めかして、彼女は言う。

英鈴は、それになんとも答えることができず――ただ、感謝の意を込めて拱手した。

それから、もう一度丁寧に礼を述べた後、王淑妃の部屋を退出する。

そして薄暗い後宮の廊下を歩いて自室に戻りつつ、英鈴は自分に気合を入れ直した。

後宮の妃が街に出るだなんて、基本的にはあってはならない事態だ。朱心が素直に了承してくれるとは思えない。

（でも、なんとか説得しないと……）

計算高く、常にこちらの上を行く朱心に、自分が弁舌で敵うとは思えないけれど――と、一抹の不安も感じつつ、英鈴は昼の仕事に臨むのであった。

＊＊＊

「よかろう」

「え？」

駄目で元々、というつもりでの懇願だった。もしついて行く理由を聞かれたら、「林檎月餅に少し調整を加えたので」とか、何か理由をつけるつもりだった。

なのに――思いもよらぬ返事が聞こえ、英鈴が思わずきょとんとすると、朱心はわずかに眉を顰めて言った。

「聞こえなかったか？　よかろう、と言ったのだ」

「本当ですか……！　ありがとうございます、陛下！」

拱手し、深くお辞儀をする。けれど顔を上げた時、こちらを見る朱心の面持ちは、どこか無表情にすら見えるほど冷淡なものだった。

彼の目がこちらを一瞥し、そして、逸らされる。

（え……）

なぜかそれがひどくよそよそしいもののように思えて、胸の奥がずきりと痛んだ。

「畏れながら、陛下」

と、横で燕志が口を開く。

「董貴妃様には昨日、視察先に持ち運びできる服用法を開発していただいたのでは」

「……それで？」

肘掛けに頬杖をついた朱心が、横目で己の腹心を見やるその瞳はなおも冷たい。けれどそれに臆する様子もなく、燕志は恭しく続きを述べた。

「先の事件もございます。董貴妃様を禁城の外にお連れするのは、いささか危険が……」

「それはお前の腐心するべき事柄ではないな、燕志」

「承知いたしました」

一言で却下されたにもかかわらず、燕志にはやはり動じた素振りはない。

けれどこちらに視線を送った彼の面持ちは、ほんの少し不安そうである。

——燕志さんの不安はもっともだ。でも今の英鈴に、手段を選ぶつもりはない。だからこそ、陛下の気持ちが変わらなかったのは、こちらとしても有難い。とはいえ——

(燕志さん、普段なら、陛下の決めたことに反論なんてしないのに)

どうして、今日は英鈴が同行するのを止めようとしたのだろう。

昨日から朱心の雰囲気がなんとなくおかしいのと、何か関係があるのだろうか。

「話はそれだけか？」

「えっ」

ふいに皇帝から問い質(ただ)され、英鈴は慌てて首肯した。

「は、はい。それだけでございます」

「ならば、疾(と)く退出せよ」

「……はい」

英鈴は今一度深くお辞儀をし、そして、ゆっくりと立ち上がった。

だが礼を失せぬように退出してからも、頭の中でぐるぐると渦巻いているのは、強烈な違和感だった。

（やっぱり陛下の様子、絶対におかしい）

いつもの朱心なら、こんなにすんなりと同行を許したりしない。

例えば同行してもいいから代わりに何かしてみせろ、などと言って取引を持ち出してくるかもしれないし、最低でも、「そのまま里心がついて実家に逃げ帰らねばよいがな」とか、何か皮肉を言うはずだ。――本来なら。

なのに今日は二つ返事だ。ろくな会話もしてくれないのは、昨日からそうだけれど。

（陛下に何かあったの？　それとも……）

ここしばらくのいくつかの事件もあって、少しは、朱心の考えがわかるようになってきたつもりだったのに。もしかしてその感覚すら、自惚れだったのだろうか。

（また、よくわからなくなった気がする……陛下のこと）

気持ちが暗く、沈みそうになる。でも今は、前を向いているしかない。自分のためにも、皆のためにも――少しでも手がかりがありそうなら、手繰り寄せていかなくては。

「……！」

一人になった廊下で、軽く自分の頬を叩く。

(弱気になんて、なっていられない)

心が奮い立つ言葉だけを思い浮かべて、英鈴は自分を勇気づけるのだった。

＊＊＊

禁城を出ておよそ十数里、一刻ほどの時間を馬車で走った距離にある地——

大河を経由して大陸じゅうのありとあらゆる物品が集積され売りだされる、その最初の市が開かれている街。それが、英鈴が生まれ育った永景街である。

「わぁ〜っ、すごいすごい！」

馬車の窓から外を見て、歓声をあげているのは雪花だ。英鈴の隣で窓に貼りついている彼女は、放っておけばそのまま外に転がり出してしまいそうなほど身を乗り出している。

けれど、彼女がそんなに夢中になってしまうのも仕方ないかもしれない——ただこうして道を通り過ぎるだけで、窓の外の景色は目まぐるしく変わっていくからだ。

道に並ぶ衣類や書画、骨董品の店、あるいは獲れたての川魚や貝、杏州から運ばれてきたばかりの新鮮な果物を売る出店——数々の酒店も、大勢のお客で大盛況の様子だ。

「今日って、何かお祭りでもあるんだっけ？」

「ううん、ここはいつもこんな感じよ」

「あたし、こんな賑やかな街を通るの初めて！　すごいなあ……」

きらきらした瞳でそう言って、再び窓に目を向ける雪花の背に、英鈴は微笑む。

（私も、ずいぶん久しぶり……）

「あっ！　ねえ英鈴、高台ってあれのこと？」

彼女の指さす先を、後ろからそっと見やる。

街を囲う城壁の一部がにょきりと突き出て、その上に立派な屋根がつけられた建物が、道をずっと行った先、彼方に見える。

「ええ、そう。あれが『銀鶴台』。陛下が儀式を行う場所ね」

「今度の重陽の節句には、英鈴もあそこに行くんだよね」

雪花の言葉に、英鈴は頷いた。

――今日はあくまでも薬童代理として皇帝の仕事について行っている形のため、英鈴たちの乗った馬車は朱心が乗るものと違い、ごく質素なうえに、堂々と市中を通っている。

とはいえ、こうして話す声が外に漏れはしないだろう。方々から商人たちの売り文句や行き交う人々の話し声が聞こえてきて、隣り合わないと声が聞こえないほどだからだ。

「……雪花」

目的地が近づいてきたので、改めて彼女に計画を伝える。

「陛下はたぶん、先にあの銀鶴台に着いて、視察をされていると思うの。それが終わったら、刺史との会食前に薬をお召しになるはず」

「それが終わったら、英鈴は別室で待機……つまり、自由時間ってことだね！」

「そう。だからその時は手筈通りに、雪花、あなたと私の衣を交換しましょう。そしてあなたにはそのまま部屋にいてもらう」

「英鈴は街へ、だね！　わかった」

うんうんと何度も頷いている友人の姿が、いつにも増して頼もしく見えてくる。

英鈴は頷き返し、それから、膝の上にのせている平箱の蓋をそっとずらした。入っているのは、朱心に食べてもらうための薬、林檎月餅だ。

——最初にこれを召し上がっていただいた時は、こんな状況になるなんて思ってもみなかったけれど。

(今は陛下の気持ちを知るより、毒のこと……！)

懐の中には、例の謎の薬包紙の切れ端も持ってきてある。

あれに繋がるような何かを、街で得られればいいのだが。

知らず知らず、胸が緊張で高鳴りはじめるのを覚えつつ――馬車は街を進んでいく。

＊＊＊

銀鶴台の下は、皇帝や妃を招いてもてなせるように、大きな部屋がいくつも連なったような構造になっている。そのうちの一つ――後宮の自室とそう変わらないほどの広さの一室が、英鈴たちの待機場だった。

よそよそしいままの朱心に薬を渡した後、即座にそこに通された英鈴は、計画を実行に移す。

「どう？」

雪花の衣服、つまり質素な薄黄色の衫と、紅葉の色を思わせる鮮やかな裙を纏った英鈴は、外を窺う友人にそっと呼びかけた。

「うーん……ちょっと今は難しいかも」

そっと扉を開き、頭だけ外に出した雪花――今は英鈴の着ていた衣類で妃の格好をしている彼女は、こそこそと言う。

この居室の居心地は素晴らしい。石壁の一部を大きくくりぬいて作られた窓からは、滔々と流れる葉河の雄大な景色が楽しめるし、赤銅色を基調とした落ち着いた調度品が並ぶ内装は、慎ましやかかつ品がよい。

けれど、それらに目を向けて愛でている暇はない。

なんとか番人たちの隙をついて、外に出る時間を作らなければ。

つまり、扉のすぐ外の廊下に立つ衛兵たちをごまかしたいのだ。

（思ったよりも警備が厳重ね……）

英鈴は、思わず顔を顰める。

「いくら英鈴が宮女の格好をしていても」

雪花が小声で言った。

「勝手に出歩こうとしたら、怒られるよね……あたしたちって、お許しなく街に出たら駄目な身だし」

「だからって、ここの窓から下りていくのは」

言いつつ、英鈴はそっと眼下の河に目を向けた。

「ちょっと無理そうね。河に飛び降りるなんて、街の調査どころじゃなくなりそうだもの」

「むむむ、どうすればいいかな」

扉の向こうから頭を戻し、雪花は腕組みして唸る。英鈴もまた、同じように目を伏せて考えを巡らせた。けれど、何も思い浮かばない。

と、その時だ。

「……！」

突然、雪花が何かに気づいたような表情になり、廊下のほうに耳をそばだてている。

（何かあったの？）

声に出さずに問いかけると、彼女はこちらを手招きした。近寄って同じく耳を澄ませると、離れたところから男の人の声が聞こえてくる。

「お疲れ様です、皆さま」

（燕志さんの声だ！）

上の階に朱心と一緒にいるはずの燕志が、廊下に立つ衛兵たちに声をかけている。

「警護の任でお疲れでございましょう。こちら、主上より皆さまへの労い（ねぎら）として賜った品でございます」

「えっ、これは……！」

まだ年若い兵士の驚きの声が聞こえてきた。いったい、燕志は彼らに何を――？

「はい、菊酒でございます」

顔を見なくても声音でわかる、例の微笑みを浮かべて、燕志は穏やかに告げた。

英鈴と雪花は、そっと外の様子を覗く。

するとと言葉通り、燕志はそれなりの大きさの甕を手にしていた。

「季節の菊の花びらを浮かべた酒……せっかくですから、皆さまにも堪能していただきたいとの、主上の御心でございます」

「しかし……」

年長の、恐らく隊長と思われる人物が、受け取りを渋っている。どうやら、勤務中に酒など、いくらなんでも貰えないと言いたいようだ。

だが「皇帝陛下から」として勧めている燕志の言葉を、無碍にもできない様子である。

(どういうこと……?)

英鈴が内心戸惑っていると、衛兵たちと話している燕志の目がちらりとこちらを向いた。

彼は微笑みを湛えたまま、くいくい、と指を横方向に動かしている。ごく小さく、兵士たちにはわからないように。けれど——

「ねえ、英鈴！　これって」

「ええ」

つまり燕志は、好機を与えてくれたのだ。

廊下の衛兵たちの視線が燕志と、彼が手にしている菊酒に注がれている今のうちに、こっそり抜け出してしまえば――！

（ありがとうございます、燕志さん！）

彼の厚意を無駄にはできない。

「じゃあ雪花、後は任せたわ。行ってくる」

「気をつけてねっ」

友人の言葉に、強く頷く。

それから英鈴は、衛兵たちの後ろを気づかれぬままそっと通り抜け、永景街へと駆け出していったのだった。

＊＊＊

久しぶりの街は、こうして実際に降り立ってみても、やっぱり賑やかだ。

「桃州の菊、桃州の菊だよ！　今年できたばかりの新しい品種、見ないと損だよ！」

「お嬢さん、採れたての柘榴はいかが？　美味しいよ！」

「菊酒も菊茶も用意してございま～す、ぜひいらしてくださーい！」

あちこちで呼び込みの声が聞こえ、その喧騒すら懐かしい。とはいえ、後宮での生活とは大違いのその音の洪水に、なんだか頭がくらくらしてしまいそうだけれど——

（待って、落ち着いて英鈴）

往来の邪魔にならないように隅に立った英鈴は、額に手を当てて、自分にゆっくり語りかける。

（まず調べるべきなのは、そう、この薬包紙。近くにある薬店に、この紙に見覚えがないかどうか、話を聞いてみることにしましょう）

懐の中のそれを思い浮かべつつ、考える。

（それで、もし聞き込みしても手がかりがなかったら……危険だけど、怪しそうな場所を調べてみるしかないかもね）

刻限は夕方、朱心の仕事が終わるまで。

（実家に寄るのは……心配かけそうで、気が引けるし。最初は馴染みのお店に、ちょっと顔を出して聞いてみよう！）

幸い、この近くにある薬店なら少しは思い当たる。

そんなことを考えつつ、住宅が並ぶ静かな通りに差し掛かると。

「やだっ！　絶対やだからねっ！」

「ちょっと、麗麗（れいれい）！」

家の一つから、突然、黒髪をお団子に纏（まと）めた小さな女の子が駆け出してきた。まるで逃げるように玄関から外に出た彼女の細い腕を、母親と思（おぼ）しき若い女性がすかさず摑（つか）んでいる。

でも女の子——麗麗と呼ばれるその子は、どうしてもそれに抵抗したいらしい。母親の手を振りほどこうと、必死にもがいている。

寝間着を着ていて、頬が不自然に赤い。どうやら、風邪をひいている様子だ。

通り過ぎようとした英鈴の歩は、止まる。

周りの人たちは仕事などで出払っているのか、あの母娘（おやこ）と自分以外、ここには誰もいない。なんとなく見過ごせずに、英鈴は少し離れたところから彼女らを見守る。

「いい、麗麗」

しゃがみ込み、我が子と同じ目線になった女性は、静かに言った。

「あなたの風邪を治すために、お父さんがわざわざ買ってくれたお薬なの。ワガママ言わずに、ちゃんと飲まないと駄目でしょう？」

「だって、やだもん！」

ぶんぶん、と頭を横に振って麗麗は拒絶している。

「あのお薬、おいしくないからキライ！」

（あ――！）

――その言葉を聞くと、ますます見過ごせなくなってしまった。

一方で、母親のほうはそんな娘の訴えに少し腹を立てたようだった。

「まったく、あなたときたら！」

彼女は立ちあがり、腰に手を当ててお説教をはじめた。

「いつもいつも、言うこと聞かないんだから……風邪がひどくなっても知らないよ！　ほら、こんなところに寝間着でいたら寒いんだから。早く家の中に」

「い〜や〜っ！」

強引に抱き上げようとした母親に、全力で抵抗する麗麗。そんな様子を見て、とても黙ってはいられなかった。

「あっ、あの！」

少し驚いたようにこちらを見ている母娘に、英鈴はゆっくり近づくと、続きを述べる。

「あの、失礼ですが、薬のことで困っていらっしゃるんですか？　飲みたくない、って」

「え、ええ」

見知らぬ他人であるこちらを警戒しているのか、やや硬い面持ちで、母親は応えた。

「お医者様の見立てで風邪に効く薬を買ったんですけど、この子が飲みたがらなくて」

「ええと」

母親の衣服の裾を摑み、後ろに隠れてじっとこちらを見つめている麗麗に目をやりつつ、さらに問いかける。

「それは小青龍湯ですか？　それとも、小健旺湯？」

「！」

薬の名をこちらが言ったことで、母親ははっとした表情になった。

――麗麗くらいの年齢の子が風邪をひいた時に、しばしば処方される薬といえば、その二つが代表的だ。ただの素人ではない、とわかってもらえたのかもしれない。

「ええと、小健旺湯……です。苦いお薬じゃないから、って薬師様は仰っていたのに」

「ええ、確かに」

顎に軽く手を当てて、英鈴は言う。

「膠飴や甘草が含まれていますし、苦寒に分類される薬でもありませんから、基本的には甘くて飲みやすいはずですね。風邪の初期症状にも最適です。しかし小さなお子さんの場合は、まず薬湯の匂いからして受け付けられない時もありますし」

つい説明を重ねてしまい、しかし、ぽかんとしている母娘の姿を見て我に返る。

「あっ……すみません！　とにかく、小健旺湯が飲めないのですね」

「ええ。この子、薬についてはいつもこうなんです。我慢すれば治るよって言ってるのに」

ねえ、と母親に促された麗麗は、何か言うでもなく、ただ両手でお母さんの脚にしがみついている。絶対にここから動かない、と主張するかのような態度だ。

その様子から見ても、彼女は命の危険のある状態ではない——今のところは。

でも顔が赤いだけではなくて目も潤んでいるところをみると、熱も出ているらしい。

——ここから立ち去るのは簡単だ。暗殺事件の謎を解きたいのなら、もはやここに立ち止まっている時間自体が無駄というものかもしれない。

それでも——たまたま通りかかっただけとはいえ、やはり、放っておくなんてできない。

すべての人が苦しむことなく飲める薬の服用法を見つけたいという、自分の夢にかかわることだから、というだけではない。飲みづらい薬のせいで亡くした弟の姿を、どうしても、この子を見ていると思い出してしまうからだ。

「う一ん……」

なんとか、飲んでもらう方法はないものか。

既にそちらに考えを切り替えて、英鈴は麗麗に数歩近づき、膝を曲げ、質問する。

「ええと、麗麗ちゃん、だったよね。お薬のどういうところが嫌いなの？」

「ドロドロしてるとこ！」

「な、なるほど」

要するに、お湯に溶かして飲むという行為自体が嫌だ、という意味だろうか。

となると、「溶かさずに服用する」方法を採るのが一番だけれど——と思いながら、視線を巡らせた英鈴の目に、ふと映ったものがある。

麗麗と母親が飛び出してきた家の中——土壁をくりぬいた窓に格子が嵌った(はま)その先にある、小さな厨(くりや)の様子だ。

竈(かまど)の上に鉄鍋(てつなべ)が置かれ、その隣には、どうやら小麦粉の入った袋が置かれていた。

「！」

脳裏を過(よ)ぎった閃(ひらめ)きに、英鈴は、無意識のうちにぽんと手を叩(たた)いていた。

「これでどうかしら」

「……うー」

先ほどの問答から、半刻(とき)後。

麗麗の母親から許可を貰(もら)った英鈴は、厨を貸してもらって、ある「食べ物」を作った。

今は手にしたお皿にのせて、それを麗麗に見せている。

彼女が頑として家の中に戻りたがらなかったので、今も外で話している状態だけれど。

「ほら、お湯に溶かしてないからドロドロじゃないし、お薬っぽくもないでしょう？　焼餅は食べられるよね」

「うん……」

今も母親の脚にしがみついている彼女は、警戒心を露わにしながらも、こくりと頷いた。

焼餅とは小麦粉を使った、平べったく丸い焼き物のことだ。水で練り、薄く伸ばし、鉄鍋で焼けばすぐに作れる軽食である。

今回はそれに、小健旺湯を混ぜてみた。そうすれば匂いも弱まるし、何より、喉越しのことも気にしなくて済むようになる。目に見えないほどの粉末が混ざった、ほのかに甘い味のする焼餅を食べるだけだからだ。

「……」

作りたての湯気を立てているそれを、麗麗はじっと見つめる。そして――お腹が空いていたのだろうか――おずおずと手を伸ばし、特製焼餅を摑んだ。

ゆっくりと口に運んだ彼女の顔は、ふと明るくなる。

「……おいしい！」

「本当に？　よかった！」

「あぁ、ありがとうございます！」

麗麗よりもさらに嬉しそうな笑顔で、彼女の母親は言った。

「この子ったら本当に頑固で……でもよかった。安心しました！」

「お役に立てて何よりです」

心からの言葉を告げる。

「それと……麗麗ちゃん、ちゃんとお薬飲めて偉いね」

「え？」

もはや焼餅をぺろりと平らげてしまっている麗麗は、きょとんと首を傾げている。

その彼女に、英鈴は、ゆっくりと語りかけた。

「お薬を飲むの、ちょっと嫌だなって気持ち、私にもわかるよ。だけど今、麗麗ちゃんはちゃんと全部飲めたでしょ？　それってすごいことなんだよ」

「……」

「でもあなたのお母さんが、厨を使ってもいいよって言ってくれたから、その焼餅を作れたんだからね。それにお薬は、お父さんが買ってきてくれたものでしょう？」

神妙な面持ちの麗麗に対し、さらに述べる。

「これからは、お父さんとお母さんがお薬飲んでねって言ったら、ちゃんと飲むんだよ。二人とも、あなたに元気になってほしいって思ってるんだから」

「……んー」

「麗麗ちゃんは今日お薬を飲めた立派な子なんだから、明日も大丈夫だよね？」

「……」

麗麗は、少し何か考えるような顔で、自分の母親を見上げた。

それから——「うん」と頷いてみせる。

「偉いっ！」

もう一度彼女を褒めてから、英鈴は母親に言う。

「えっと、小麦粉を水で伸ばしたところに、小健旺湯を入れれば簡単に作れますから。もしよければ、これからもそうしてあげてください」

「ええ、ええ、わかりました……！」

頷く相手は、すっかりこちらに信頼を寄せた眼差し（まなざ）しを向けている。それがちょっとくすぐったいけれど、とても嬉しい。少しでも、人の役に立てたんだと思えるから。

ほっと胸が温かくなるのを覚えつつ、英鈴は、母親にぎゅっと抱き着く麗麗を微笑ましく見つめた。

すると――その時である。

「……けほっ」

聞こえたのは、咳き込む声。発しているのは、麗麗ではない。

「お、おかあさん……？」

「だっ、大丈……げほっ、げほげほっ！」

心配そうな娘を安心させようとした母親の言葉は、しかし、激しい咳によって遮られてしまう。途端に、母親はその場で口を押さえて俯いた。とめどなく咳が漏れはじめ、止まらないようだ。

（これは……！）

母親の咳は、乾いた音をしている。喘鳴もなく、から咳が連続するということは、風邪の初期症状――きっと、麗麗の風邪がうつってしまっていたのに違いない。

いくら穏やかな天気といっても季節は秋、そして麗麗の母親は薄着である。娘に付き添ってずっと外にいたこと、そして恐らくは看病で肉体的・精神的な疲れが溜まっていたことから、少し気の抜けたこの時に、症状が一気に出てしまったのだ。

「おっ、おかあさん！　お、おうちにかえろう！　おうちでおやすみしようね、ねっ！」

「けほっ、げほっ!!」

　麗麗が涙目で必死に訴える間にも、母親の乾いた咳は一層激しさを増していく。

　しかし小健旺湯には、激しい咳を止める効能はない。

「れ、麗麗ちゃん！　大丈夫だよ」

　英鈴はそう言って、泣きそうな彼女の肩を後ろから優しく抱いた。けれど、この言葉はあくまでも気休めに過ぎない。なんとかできないだろうか——

（いえ、この状況じゃ無理）

　自分の中の冷静な部分が告げた。当たり前だ、ここに都合よく薬があるわけでもないし、あったとして、麗麗の母親に処方しても副作用がないものかどうかがわからない。それに——そもそも英鈴は薬師ではないのだから、勝手に薬を見立てることはできない。

「げほっ！」

　大きく咳をした母親の身体がびくりと震え、麗麗は小さく息を呑(の)む。

「お、おかあさん……！」

　麗麗の瞳(ひとみ)から、ぽろりと涙が零(こぼ)れ出た。なのに、英鈴にはどうすることもできない。

（と、とにかく身体を温めて……！）

　母親に羽織ってもらおうと、英鈴は自分の上衣に手をかけた。だが——

「あのー」

英鈴の動きは、背後から聞こえた青年の声で止まる。

知らない声。しかし若々しく、温かな声音だ。

振り返ると、そこに立っていたのは一人の男性だった。栗色の長髪を後ろで一纏めにし、整った細面ながら、どこか親しみやすい印象だ。大きくくりっとした瞳には、控えめな笑みの色を湛えている。

彼は頭に深緑色の頭巾を被り、同じ色の簡素な上衣と穿きものを身につけている。その足元には、大きな行李を置いていた。そして彼を、麗麗の母親は知っているようだった。

「あなたは、げほっ、仁劉医院の紫丹先生……！」

「ああ、どうか喋らないで！　大丈夫、私が診てさしあげますから」

げほげほと激しい咳が続く母親、そして涙を流している麗麗に対し、宥めるように頷きながら、紫丹先生――と呼ばれた彼は歩み寄った。

（仁劉「医院」……ってことは、お医者様かしら）

英鈴が事態を見守る間にも、先生は懐から折りたたまれた布を取り出した。それはよく見れば小さな袋になっており、彼はそこからごく細い管のようなものをさらに取り出す。

母親のすぐ近くに行ったところで、彼は、管に手をかけて軽く捻った。すると姿を見せたのは、陽光を受けて銀色に輝く細い鍼である。

「はい、では右腕を伸ばして……少しだけちくっとしますが、どうか我慢願いますね」

のんびりと、けれど優しく、彼は麗麗の母親に語りかける。そして彼女が指示通り伸ばした腕の真ん中、ちょうど肘が曲がる辺りのところを、軽く指で押さえた。

次いで、鍼の尖った先端を彼女の肌に軽く押しつけ、その反対側にある少し膨らんだ形をした端を、とんとんと叩く。ゆっくりと、鍼が母親の腕に刺さっていく。

「……！」

しばらくすると、ひっきりなしに出ていた彼女の咳が、徐々に治まってくる。やがて、わずかに顔が赤いながらも、ゆっくり呼吸ができるようになってきて――

「いかがです？　少しは、楽になられましたか？」

眉を寄せ、心配そうに問いかける先生に対し、麗麗の母親は応える。

「はい……！」

「よかった！」

ぱあっ、とまるで花が咲いたような笑顔を、彼は見せた。そしてゆっくりと正確な動きで鍼を抜く。――傷口からは、血が一滴も出ていない。

「先生、ああ……本当に、ありがとうございます！　お代はすぐに……」

「あぁー、そんなの結構ですよ。私が勝手にやっただけですから」

屈託なく、かつ淀みなく、彼はそう言い放った。

「それより、早く家に入ったほうがよさそうです。麗麗ちゃんも、風邪でしたよね？　まだ症状が出ているようですし」

「すみません……」

にこにこしたまま、先生は家の扉を開け、麗麗たちが戻るのを手助けしている。

（すごい——！）

素直にそう感じ、英鈴は、しばらく立ち尽くしてしまう。

仁劉医院という名を聞いたことはなかったけれど、あの若いお医者様の腕前がどれほどのものかは、見ているだけでよくわかった。

彼が鍼を打ったツボは確か尺沢という名で、咳を和らげ、呼吸を楽にするとされている。瞬時にそのツボを打ったところもすごいけれど、もう一つ、鍼を打つ技術そのものも素晴らしい。

医師が治療に使う鍼は、縫物に使う針と違い、髪の毛ほどの細さの特殊なものだ。とはいえ患者の身体に刺すわけなので、本来なら当然血は多少出る。技術が未熟な医師に打たれると、打ち身の時のような、大きな内出血の痕ができてしまうことすらある。

けれどさっき、あの先生は、麗麗の母親にまったく血を流させなかった。

相当な技術の持ち主である証拠だ。

(とにかく、よかった。これで一安心よね)

麗麗はお薬を飲めたし、母親はお医者様に診てもらえた。これ以上、ここで自分にできることはないだろう。そう考え、立ち去ろうとしたのだが――

「おや」

寝台に麗麗を横たえた後なのだろう、先生が声をあげたのが、窓を通して聞こえる。

「これは……もしかして、薬を焼餅に?」

(!)

自分に関係ある言葉を耳にし、英鈴はつい歩みを止めた。すると続けて、さらに声が聞こえてくる。

「ええ、これはさっき通りすがりの……あらっ、待ってくださいなお嬢さん!」

麗麗の母親が、戸口から顔を覗(のぞ)かせた。

「まだお礼も済んでいないのに! 本当に、ありがとうございました」

「いえっ、私は何も……! それよりもどうか、よくお休みになってください」

「いやぁ、これは素晴らしいですね!」

窓の向こうから、通りに立つ英鈴をきらきらした瞳で見つめながら、先生は言った。

「お薬って、幼いお子さんだと飲めなかったりしますからね。なるほど、小麦粉の生地に混ぜて食べさせてあげればいいのかぁ……！　これなら薬効も損なわれないだろうし、なんて斬新な考えなんだろう」

（う……！）

医療に携わっている人からこんな風に、まっすぐな言葉で褒めてもらった経験に乏しいせいで、なんだか照れくさくなってしまう。

しかしそんなこちらの内心を置いて、先生は尋ねてきた。

「えっと、あなたがお考えに？」

「は、はい」

なんとか頷いた英鈴は、続けて言った。

「その、ええと、実家が薬店なもので」

「そうなんですか！　それはそれは」

穏やかに彼は言って、次いで、ぺこりとお辞儀をした。

「申し遅れました、私は医師の劉紫丹と申します。若輩者ですが、医院を開いております」

「これはどうも、ご丁寧に……」

窓を隔てた挨拶というのも少し変わった感じがするけれど、ともかくこちらもお辞儀を返す。すると麗麗の母親が、微笑んで口を開いた。

「若輩者だなんて。紫丹先生は腕もいいし、優しいし、この辺りの人間はみんなお世話になっているんですよ」

「いえいえ、そんな……私なんか」

たははは、とすっかり顔を赤らめて後ろ頭を掻いた彼は、こちらに視線を向けて、さらに何か言おうとして——

「あっ！」

「え？」

英鈴の足元、というより後方の地面を見つめたその目が、大きく見開かれた次の瞬間。

ちょうどやってきた馬車が、何かを跳ね飛ばして走り去っていく。

ばらばらになって路面に転がったのは、行李の中身。——紫丹先生の荷物だ。

（お、置きっぱなしになってたんだ……！）

大事な道具なのに！　英鈴は、すぐさま散らばっている道具を回収に駆け寄った。

「あぁー……またやってしまった」

紫丹先生本人はといえば、たはははと、困ったように笑っている。

「これで何回目かな……うっかりしてました」

「先生ったら、医術の腕は確かなのに……！」

麗麗の母親もまた、そう零しながら道具を拾おうと外に出たところで――

「って、私が笑ってる場合じゃないですね!?　す、すみません！」

紫丹は、家から飛び出てきたのだった。


――そして、さらに半刻後。

「いやぁ、本当にすみません」

「いえ、どういたしまして」

紫丹の荷物を一緒に運びつつ、英鈴は朗らかに応えた。

「私が、もっと早く先生のお荷物に気づいていたらよかったわけですし」

「そんな！　違いますよ」

ぶんぶん、と紫丹は両手を振った。

「私がいつもみたいに、ドジをやらかしただけですから。本当に、いつもなので……」

麗麗の家の前に散らばってしまった、医術の道具を回収した後。

馬に跳ね飛ばされて砕けた行李は、もう使い物にならなくなっていた。そして医術には、鋮以外にも薬箱や鋏などの細かな道具も多いため、箱もなしに纏めて運ぶのは一苦労である。

大きな布に包んでみても、包みは二つになってしまった。ということで——

「あの、先生の医院はここから近いんでしょうか」

英鈴が率先して声をかけたのだ。

「よろしければ、荷物を運ぶのをお手伝いしますよ」

「ほっ、本当ですか⁉」

紫丹はそう言って、目を潤ませるほど嬉しそうに笑った。

「ありがとうございます、助かりますっ！　ええと、あなたのお名前は……？」

「あっ、わ、私は」

——董英鈴と名乗って、後で万が一にも、後宮の妃だとバレてしまっては大変だ。

「雪花……禁城で働く、宮女の雪花と申します」

その場しのぎだけれど、友人の名を借りることにした。

英鈴たちは、麗麗の母親からのお礼の言葉を背に、家を辞したのだった。

「本当に助かりますよ、雪花さん」

通りを進めばすぐそこだという仁劉医院までの道を歩きつつ、紫丹は困り顔で、自分の頬を指で掻きながら言った。

「私、どうしてもああいうドジが絶えなくて……自分でも気をつけているんですけど、なんだか上手くいかなくてですねぇ」

「そういう時もありますよ」

慰めの言葉に、ふっと紫丹は表情を緩めた。

「そう言っていただけるとありがたいです。まぁ、それに、仕事をしている時には、一応やらかしたことはない……はずなので！」

たはは、と彼はもう一度力なく笑った。

「あ、えーと、それで」

と、彼は歩を止めぬままこちらを見やり、問いかけてくる。

「雪花さんは、後宮で働いておられるんですか。宮仕えって、なんだか大変そうですね」

「え、あ、いいえ！」

口を衝いて出たのは、正直な言葉だった。

「確かに大変な時はありますけど、仕事もやりがいがありますし、友人もいますし……」

「そうですか！　やりがいと友達、それは素晴らしいですね」

にこやかに彼はそう言って、そこでふと、何かに気づいたような面持ちになった。

「あ……もしかして雪花さん、お使いの途中か何かでしたか？　わざわざお手伝いいただいて、申し訳ないです」

「いえ、そんな」

再度そう言いかけて、はたと、英鈴は自分の用事を思い出した。

そうだ——ここには、調査のために来ていたのに！　はっと空を見上げると、太陽は中天からだいぶ傾いている。どうやら、そろそろ刻限のようだ。

（しまった、どうしよう……！）

結局、まだ何も調べられていない。一瞬焦り、しかしここで紫丹の荷物を放りだして調査に出るなど当然できず、いろんな考えが頭を巡り——

（そうだ！）

ふと、傍らを歩く紫丹に目を向けた。

彼は医師だ。ならばあの薬包紙について、何か知っているかもしれない。

「あのー、どうかされましたか、雪花さん」

一方で紫丹は、ちょっと驚いたような表情だ。

「なんだか、慌てたりはっとしたりなさっているようですけど」

「す、すみません、用事を思い出しまして。つかぬことを伺いますが……」

とこちらが言う間に、どうやら、目的の場所に辿り着いたようだ。

まさしく「仁劉医院」と大書された看板を掲げた、こぢんまりとした建物の戸口の奥──診療所に荷物を運んだ後で、英鈴は質問の続きを口にする。

「ええと、こちらの薬包紙に見覚えはありませんか？」

懐から出した布に挟んである、紙の切れ端を取り出して紫丹に見せる。

「実はこの薬を出した店を探していて……でも手がかりがなくて、困っているんです」

「なるほど。うーん、これは……」

彼は指でつまみ取ったそれをしげしげと眺めた。それから、「ああ！」と声をあげる。

「この模様、ひょっとして」

「何かご存じですか!?」

「西に、ほら、雨貞街ってありますよね」

永景街の隣にある、こちらも大きな街である。

「あの街に、呂家っていう立派なお武家様のお屋敷があるんですが……あそこにこれと同じ模様が描かれた箱が、たくさん運び込まれていくのを見ましたよ」

「呂家に……!?」

——呂賢妃の実家だ。密かに戦慄するこちらを置いて、紫丹は首肯する。

「ええ。ちょうど呂家の近所のお家に往診に行く機会があって、その時に見かけたんですよ。あまりにも大量だったから、気になって覚えていました」

「そうですか……」

半ば思考に沈みつつ、英鈴は彼に礼を述べた。

——呂家に、これと同じ模様の箱が？　ということはやはり、英鈴を暗殺しようとしたのは、雪花が言っていたように呂賢妃の一派なのだろうか。

いや、しかし、この薬包紙と同じ模様の箱が、というだけでは少し安直すぎる。

英鈴を疎ましく思っている妃嬪は、呂賢妃だけではない。

例えば徐順儀のように、個人的な恨みを抱えた人物が黒幕ということだって考えられる。

だからそういう点では、疑わしいのは徐順儀だって同じだ。しかし——

(不確実なら、調べるしかない、よね……)

紫丹と別れ、銀鶴台までの道を急いで戻りつつ、そう思う。

どうやら菊酒を少し口にしたらしく、浮かれ調子の衛兵たちの間をすり抜け、何食わぬ顔で待機部屋に戻った英鈴は、考えを決めた。呂賢妃の周りを探ってみよう、と。

第三章　英鈴、再び九死に一生を得ること

朱心の視察について行き、永景街から無事に戻ってきた、その翌日のこと。

『我らが主・呂賢妃様はご体調が優れず、お目見えすることがかないません。董貴妃様には、悪しからずご了承のほどを――』

手紙の文面を見やる英鈴は、思わず眉を顰め、むうと唸った。それを聞いた雪花は、しょぼんと肩を落とす。

「ごめんね英鈴、あたしも頑張ったんだけど……なんべん面会希望を出しても、そんな手紙しか返ってこなくって」

「いいの、雪花のせいじゃないもの」

いかにも事務的で、つまり「取り付く島もない」といった内容の手紙から目を離し、机に置くと、英鈴は続けて言う。

「元々、あそこの宮女たちは私を嫌っているし……呂賢妃様ご本人だってそうだし。といっても、体調不良が本当じゃなければいいけど」

「それは大丈夫だと思うよ」

雪花は、むすっとした膨れっ面のままで言った。

「だってあたしがその手紙を受け取った後、呂賢妃様のお部屋からいっぱい笑い声が聞こえてきたもの。なんか、こっちを馬鹿にしてる感じの！」

「ああ……」

――一瞬でも、心配した自分が間抜けだった。

呂賢妃のお付きである月倫（げつりん）や喜星（きせい）といった宮女たちは、いつだってこちらを嘲笑（あざわら）う材料を探しているのだ。

むしろそうした態度を考えれば、この手紙は丁寧すぎるくらいかもしれない。

「どうする、英鈴？」

困り顔のまま、雪花が言う。

「このままだと、呂賢妃様に話を聞くどころか、会うことだってできなそうだよねえ」

「……」

英鈴は、しばし腕組みして考え込み――

「大丈夫」

ややあってから、顔を上げて告げた。

「呂賢妃様と会える場所になら、ちょっと心当たりがあるから」

「そうなの!?」

雪花が驚くのも無理はない。けれど、正式な面会すら拒むというのなら、こちらとしてもこの方法を採らざるを得ない。

（あの安眠茶騒ぎを調べている時に見かけた、呂賢妃様の姿……今でも、はっきり覚えている）

偶然目撃したのだ。呂賢妃は毎晩、宮女たちが寝静まると、一人で居室を抜け出している。そして何をするでもなく、庭にある大きな池の畔に座り込み、時を過ごすのだ。

小さな頃に実家の権力争いに巻き込まれ、嫌がらせのために池に沈めて殺されてしまったという飼い猫を、悼むかのように。

そして彼女のその行動については、英鈴以外は誰も——恐らく月倫たちですらも知らないはずだ。ということは、夜半にあの池の畔に行けば、誰にも邪魔されずに呂賢妃と一対一で会えるはず。

（呂賢妃様には、不意を衝くようで悪いけれど……私だって、命を狙われたままでいるなんて嫌だもの！）

今は少しでも、できることをしておきたい。

英鈴は雪花に、夜中に出ると告げたうえで、仮眠を取ることにした。

こういう時こそ、できるだけしっかりご飯を食べ、よく眠っておくのが大事だ——と、思うからだ。

＊＊＊

そして、細い月が空の真上に昇る頃。

英鈴はそっと居室を抜け出し、例の庭へと足早に向かった。

草を踏む自分の足音と、虫の音だけが耳に響く。

灯り(あか)が乏しいけれど、少し前に五日ほどの間、毎晩のように行き来した道のりだ。記憶の通りに歩いていけば、すぐに目的の場所に辿り着いた。

かつて黄徳妃(こうとくひ)が使っていた部屋と地続きになっている庭の中央に、澄んだ水を湛(たた)えた、大きな池がある。

月光を反射して煌(きら)めく水面(みなも)を背景に、見える影はやはり一つ——呂賢妃だ。

彼女は焦げ茶色の髪を一つに纏めた後ろ頭と、薄青色の寝間着を纏った細い肩と背をこちらに見せた状態で、ただじっと座り込んでいる。

——ひょっとして呂賢妃は、いつもこうしているのだろうか。寒い冬も、夏の盛りも。

（もしそれが、本当に猫を悼むためだとしたら……どれだけ深い悲しみなんだろう）

ほんの少し、苦い痛みのようなものが胸に去来する。

けれど今はそれを押し殺して、英鈴は、ゆっくりと呂賢妃に向かって歩き出した。

あと数歩で真後ろ、という距離にまで来たところで、ようやくこちらの足音に気づいたのだろう。弾かれるように振り向いた呂賢妃は、わずかに瞠目した。普段は彼女が人形のように無表情であることを考えると、それは非常な驚きを表していると言える。

「あなたは……！」

「こんばんは、呂賢妃様。突然失礼いたします」

数歩離れたところで立ち止まった英鈴は、その場で拱手の姿勢をとった。

「今日はお伺いしたい儀があり、こうしてお邪魔しました」

「帰って」

葉擦れの音のように微かな声量、しかし厳然とした口調で、彼女は命じるように言う。

「あなたに話すことなんて何もない」

「申し訳ありませんが、私にはあるんです」

きっぱりと言い返すと、こちらを向く呂賢妃の形のよい眉が、不愉快そうに吊り上がる。

――英鈴はというと、内心、少し緊張していた。

ここでもし呂賢妃が大声でもあげて人を呼んだら、後宮内に味方の少ない英鈴のほうが悪者にされるに決まっている。

それもあって、こんな形での直談判なんてしたくなかったのだ。

けれど、もはや手段の是非や今後のことなど考えてはいられない。

英鈴は態度だけでも強気に、やや胸を張って、堂々と問い質す。

「先日、私の食べ物に毒が入っていた事件はご存じですね」

「知らない」

「……致死性の毒でした。たいへん失礼ですが、あなたの指示ですか？」

「だったらよかったわね。あなたが死ぬなんて楽しそう」

顔を背け、再び視線は水面に向けて、呂賢妃は会話を拒絶するように言った。

（相変わらずの毒舌……）

英鈴は、負けじと言い募る。

「この薬包紙が、厨の隅に落ちていました。これと同じ模様のついた箱が、あなたのご実家に運ばれたと……」

「知らない」

「あなたが、私をよく思っていないのは充分知っています。でも、私はあなたを無用に疑い続けたくないんです」

「興味ない」

「……」

口を閉ざし、ゆっくりと横に回り込み、しばし彼女の横顔を見つめた。

淡い月光を受けた呂賢妃の顔は、いつにも増して青白く見える。険しい目つき、固く結ばれた唇は、怒りによるものか。

このまま問い詰めたところで、彼女は何も教えてはくれないだろう。

でもそれでは、中秋の宴の頃と同じになってしまう。

（どうすれば……）

しばらく、無言の時が流れ――ややあってから沈黙を破ったのは、英鈴のほうだった。

「かつての後宮で……あなたがここに来たばかりの頃に何があったかは、以前、袁太妃様から伺いました」

「！」

水面に向けたままながらも、呂賢妃の身体がはっと硬直する。

それに構わず、続けて述べた。

「人を人とも思わないような……命を軽(かろ)んじる、恐ろしい振る舞いが横行していたと伺いました。呂賢妃様、私は、そんな時代に戻ってほしくないんです」

「……」

「お願いです！　何かご存じなら、教えてほしいんです。誰かを殺す毒が秘密裡(ひみつり)にやり取りされる後宮なんて……『後宮病』が流行(はや)るこの場所なんて、私は……」

「——！」

その瞬間。

先ほどよりもさらに大きく目を見開いた呂賢妃が、素早くこちらを向いた。

その頬は紅潮し、眉間(みけん)には皺(しわ)が寄っている。怒り、というよりは「恐れ」という言葉が、英鈴の脳裏を過(よ)ぎった。

短く息を吸う音の後で、彼女は叫んだ。まるで突き動かされたかのように。

「知らないっ!!」

「え……」

あまりの反応に、こちらも身を強張(こわば)らせてしまう。

壁のないこの場所で、呂賢妃のこれ以上ない大声は、夜闇に消えていく。

そして——

「呂賢妃様！」

制止も聞かず、彼女は駆け出した。自分の部屋のほうへ、まっすぐに。

英鈴が差し伸べた手は、何も摑むことなく、下ろされる。

（あの人のあんな態度、初めて……）

戸惑いだけが、胸に渦巻く。

いつも冷淡で、まるで何も感じていないかのように振る舞っていて、口を開けば冷たい言葉ばかりだった彼女が初めて、感情を露（あら）わにした。

いったい何が。

飼い猫を亡くした顚末（てんまつ）を思い出して、感情的になったのか——それとも図星をつかれて、つい動揺してしまったということか。

（いえ、憶測はやめないと）

今は、呂賢妃の激高の原因を探る時じゃない。

（あそこまで否定するなんて、やっぱり犯人は呂賢妃様の一派だったの？）

これまでを考えれば、そう判断するのが一番理にかなっている気がする。

けれど——やはり、しっくりと納得いかない。

毒と一緒にネズミを入れるなんて初歩的な失敗を、暗殺の現場でするものだろうか？

ネズミが死ぬところを見せて英鈴を驚かせようとした、なんて理由とは考えられない。

手が込みすぎているからだ。

（……とにかく、これ以上の聞き込みはもう無理そうね）

さっきの叫びを聞いて誰かが近づいてくる気配もないけれど、仕方がない。

嘆息を一つ吐き、英鈴は自室に戻ることにした。

温い夜風が、髪と衣をふわりと揺らす。

疑念の闇だけが濃くなる夜だった——


そして、翌朝。

「英鈴〜！」

相変わらずの態度の朱心に対し、朝の薬童代理の仕事を終え——ようやく自分自身の朝ご飯にありつける、となった頃。

部屋にどたどたと駆けこんできたのは、雪花だった。いつもなら盆にのせた朝食を持っているその手には、何やら書簡を握っている。

「どうしたの？」

「こっ、これ！　今朝、あたしのとこに届いた手紙なんだけど……」

彼女が慌てて見せてきた手紙の文面は、流麗な達筆で綴られていた。

その差出人は——「劉紫丹」。

「宮女の雪花さん宛に、って来たらしいんだけど、この人誰かなあ!?　内容も、手伝いありがとうとか、よくわかんないし……」

「あっ」

そこまで言われて、ようやく思い出す。

雪花には、「呂家が怪しいという手がかりを得た」ことまでは話してあった。けれど紫丹先生との出来事については、あの時慌ただしかったこともあって、まだ伝えていなかった気がする。

彼に、雪花の名を名乗った件についても。

「ご、ごめんね雪花！　実は……」

——英鈴は、永景街での出来事を細かく話した。

途端に、友人は相好を崩す。

「なーんだ！　そうだったのね。あたしてっきり、変な人かと……」

「違う違う。でも本当にごめんね、勝手にあなたの名前を使って」

「いーのいーの！　仕方ないじゃない。それより、手紙にはなんて書いてあるのかな？」

あたし怖くて、差出人のところと最初の数行しか見てなくて——と、雪花は言う。

英鈴は改めて、手紙に目を通した。

『雪花さんへ
先日はお手伝いいただき、本当にありがとうございました。

なんのお礼もできず、すみませんでした。

また今度お会いできる時があったら、ぜひ、お返しをさせてください。

それと、この前お探しになっていた薬包紙の件ですが、あれから一つ思い出したことがあるんです。

あの花の模様、呂家とは別の場所でどこかで見たなと少し思っていたのですが、確か薬に使う草木を纏めた事典に、あれと同じ花が描いてあったような気がします。

その事典、この前失くしてしまったので、ちょっと手元にないんですけれど……。

参考にならなければ、申し訳ありません。

まずは御——』

「……あれ？」

英鈴は、思わず声を発した。

末尾の文章の半分程度が、何かべったりついた土のようなもので汚れているからだ。

そしてその汚れの真横に、こんな文章が書き添えられている。


『ほんとにすみません！

手紙を泥だまりに落として、汚してしまいました。

まずは御礼まで――と、書いてあったんです！

書き直すべきだと思ったんですが、今度は紙を切らしてしまっていて……。

あの、本当にすみませんでした。　劉紫丹』

「……ドジな人なの？」

横から手紙を覗き込んでいた雪花が、ぽつりと言う。

「ちょ、ちょっとそんなところはあるけれど、でも親切な人よ！」

かばうように言ってから、英鈴は、落ち着いて考えてみる。

薬に使う草木の事典に載っていた可能性がある――となると、あの花を咲かせる植物は、薬に使われるものだということだ。

（どこかで見たとは思っていたけれど……）

何か、手がかりになるかもしれない。

（さっそく調べてみなくちゃ）

そう思い、持っている草木事典に手を伸ばそうとして、はっとする。

「そうだ、あの本……秘薬苑(ひやくえん)に置いてきちゃったんだ」

「取ってこようか？」

「ううん、いい。朝ご飯も、少し後にしてもらっていいかしら」

すっくと椅子から立ち、英鈴は雪花に言う。

「気になるから、先に調べてくるね。すぐに戻るから」

「わかった、いってらっしゃい。その間に、ちゃんとしたあったかいご飯、運んでおくからね！」

友人の声援を背に、英鈴は自室を出た。

（……ふう。やっぱり、ここが一番落ち着くかも）

妃嬪のうちでも従一品以上の位の者しか入れない庭――その一角に、石塀で仕切られた秘密の薬草園がある。

秘薬苑。かつて戦乱の世の中で、人々を救うために当時の皇后が作らせたという、市井では半ば伝説と化していた場所。

今は英鈴が皇帝・朱心の名の下に管理しているこの庭は、今日も、穏やかな静謐さで主を迎え入れた。

ますます美しくなる紅葉の彩りと共に、深まる秋の実りは今日も、艶やかな色彩と芳しい香りでこちらを楽しませてくれている。

そして亭子の下には、古い書物を収めた書庫がある。その近くにある机の上に、やはり、さっき捜していた事典が置いてあるのが見えた。

（よかった……！）

ああいう事典はそれなりに値が張るので、もし失くしたりしたら大変だ。

思っていた場所にあったことに安堵しつつ、英鈴は亭子に近づき――

「！」

ぴたり、と足を止めた。

ゆるく吹いた風に乗って、ぴらりと、何かがつま先を掠めて飛んでいったからだ。

「今のは……⁉」

――見間違いで、なければ。

背筋にぞくりと冷たいものが走るのを覚えながら、英鈴はそのまま向こうに飛んでいきそうになっていたそれを急いで捕まえる。

（……やっぱり……！）

手の内にあるそれは、例の薬包紙。ただし、描かれている絵が違う。

だが今度こそ、その花に英鈴は見覚えがあった。

「これって……！」

――確か、秘薬苑にも咲いているはず。

記憶を頼りに、苑内の細道をしばらく進んだ先、肉桂（ニッケイ）の木の下に行ってみると――

「……！」

声にならない悲鳴をあげそうになった。

そこに生えているのは鳥兜（トリカブト）――ギザギザした葉と、美しい紫色の花が特徴的な草木。

一般にも有名な、毒草の一つである。

食べれば嘔吐（おうと）だけでなく、呼吸が苦しくなり、最悪の場合は死に至る植物――しかし「附子（ブシ）」と呼ばれるその根に適切な処置を施し、毒素を弱めれば、鎮痛作用のある薬としても用いられる。

間違いない。この薬包紙に描かれているのは、鳥兜の花だ。

そうだと断言できるのは、何も、英鈴の記憶が正確だからというだけではない。

「いったい誰がこんなこと……！」

薬包紙ごと、拳を握る。その声は自然に震えていた。

——鳥兜の花の周りに、撒き散らされているのだ。

鳥兜の花の絵が描かれた薬包紙の切れ端が、大量に。

百枚以上がまるで落ち葉のように、まるで「手がかりはこれだ」と告げるように。

英鈴のこれまでの調査を、嘲笑っているかのように——！

「くっ……！」

月倫たちに侵入されかけて以来、ここの警備は万全だったはず。

なのになぜ、こんなことが。

いったい誰が、この秘薬苑に——英鈴の大切な場所に踏み入ってきたというのか。

腹立ちまぎれに、強く地面を踏みしめた。それと同時に、はっと閃くものがある。

（この薬包紙には鳥兜の花。だったら、最初の薬包紙に描かれていたのも、もしかして毒草の花……？）

そこで、はっと脳裏を過ぎる閃きがあった。

確かめるために急いで亭子まで戻った英鈴は、草木事典を手に取り、素早く紙面をめくる。そして――

「やっぱり！」

その頁に描かれていたのは、最初の薬包紙に描かれていたものと同じ、五つの丸い花弁を持つ花。その横には、『馬銭』と書かれている。そしてその種こそが、強力な毒性を持つ『馬銭子』なのだ。

（普段は種の形でしか見なかったから、花の姿を思い出せなかった……！）

こみ上げる悔しさを感じつつも、英鈴はふと思う。

（そういえば、馬銭子は種だったし、附子は根なのに……薬包紙に描かれているのは花だけなのね。何かこだわりでもあるわけ……？）

それに――と、先ほど拾った、鳥兜の絵の薬包紙をじっと見やる。

さっきは気がつかなかったけれど、よく見てみればこの絵――花だけではなく、一緒に描かれている図形も違うものになっているのだ。

最初に見つけた馬銭の花の絵は、正五角形で囲われている。

一方で、今見つけた鳥兜の絵のほうは、その後ろに五芒星のような絵図が描かれていた。

（……何か意味があるの？）

あれだけの数の薬包紙が撒かれているのだ、必ず何かの手がかりになっているはず。

そうまで考えて――英鈴は、はっと息を呑む。

（図形の意図はわからない。けど、お菓子に馬銭子の毒が使われていたのは確か）

そして今、鳥兜の花が薬包紙に描かれている。ということは――次は毒として鳥兜を使う、という宣言なのだろうか、これは⁉

「……」

冷や汗が、英鈴の背をじっとりと伝う。

それを気持ち悪いと感じたのは、心配した雪花が、こっそりと迎えに来てくれた、その後だった。

彼女が来るまで、英鈴はずっと、鳥兜の描かれた薬包紙をじっと睨んでいることしかできなかった――

＊＊＊

秘薬苑に謎の侵入者があったという報はもちろん、朱心の耳に入れた。

けれど皇帝は英鈴の訴えに「そうか」と短く感慨なく応えただけで、他に何も言いはしなかった。

それればかりでない。暗殺騒ぎが起こり、数日経った今もなんの手がかりも摑めていない英鈴に、何を言うでもなかった。

ただ彼は英鈴に薬を要求し、こちらはそれを提供する。

それだけの、本当に単純で無味乾燥な関係だけが、今の二人を繫いでいるようだった。

「……！」

淡々とした返事の後、何も言ってくれない朱心に、つい英鈴の内側には怒りが生まれる。

――ただ冷淡なだけの人じゃない、と思っていた。

まさかそれは間違いだったとでも言うのだろうか？

これまでに何度も朱心を疑ってしまっていた。そしてその後、誤解が解けるたびに自らを恥じていた。今回も、そうであってほしいのに。

「陛下！　畏れながら」

英鈴は、思い切って声を発する。

眉間に皺を寄せ、朱心はいかにも疎ましげに声を発した。

「……なんだ」

「秘薬苑にあのようなものがばら撒かれていたということは、つまり後宮内に侵入者がいたということです。禁城の警護にもかかわるのではないのですか？」

「それは」

椅子に座ったままこちらを下瞰する朱心の瞳が、殊更に冷たく光る。

「お前の関与すべき事柄か？　董貴妃。お前は黙って、薬を運んでくればいい」

「そんな……！」

「大儀だった。下がれ」

「……!!」

——言おうとした言葉を、喉の奥に引っ込めた。

憤りと不安を呑み込んで、英鈴は、部屋を退出する。

その背にはひしひしと視線を感じた。けれどそれは、朱心のものではない。燕志だ。

部屋に入った瞬間から、燕志が心配そうにこちらを見つめてきていたのは知っていた。

けれどその一方で——朱心は。

（わからない）

何度目かになるその言葉を頭の中で呟きつつ、ただ、苦虫を嚙み潰したような心地だけがしていた。

それからさらに数日——なんの進展もない日々が続いていた。

呂賢妃の調査はあれ以降進まなかったので、英鈴は、何度か徐順儀の周辺を探ってみた。だが彼女に仕える宮女たちがしっかりと警備を固め、情報を統制し、こちらからの接触を防いでいたので、何もわからずじまいだったのである。

恐らく以前の安眠茶の事件に巻き込まれた経験のせいで、徐順儀は、後宮内でかなり慎重に行動するようになっているらしい。


そして例の重陽の節句まで、あと二日。今日は、妃嬪たちのみが参加する行事がある。

「『菊見会』かぁー」

支度を終えた英鈴の周りから、他の宮女たちが下がっていったのに合わせて、雪花は言う。

「あたしは一緒にいられなかったけど、なんか、前にもこういうのあったんでしょう？『紅葉饗』、だっけ」

「ええ、そうよ」

瑠璃色の衫と濃紺の裙、そして正装として薄黄色の披帛を纏った英鈴は、軽く頷いた。

「妃嬪たちが揃って大きな庭に集まって、そこに植えられている菊を見ながらお喋りとお食事を楽しむっていう会ね」

「へえ！」

お食事、という語に反応して表情を明るくした雪花は、しかしすぐにこちらの真意に気づき、眉を曇らせる。

「そっか。楊太儀様だけとかならともかく、徐順儀様とか呂賢妃様とかも一緒だと……」

「いいのよもう、慣れっこだもの！」

英鈴はきっぱりと言い放つ。そして別に、それは強がりなどではない。

――あの秘薬苑での出来事以来、英鈴の周りは至極と言っていいほど平穏だった。

また命が狙われ、その時は鳥兜が使われるのかと思い、英鈴は宮女たちと共に最大限の警戒をしていた。けれど食事その他に毒が盛られることは一切なく、むしろ、嫌がらせも悪口もない非常に平和な毎日が続いていたのである。

もっとも、それはまた例によって、こちらを油断させるための罠なのかもしれない。

とりわけ今日の菊見会のような大きな行事で、もし英鈴に恥をかかせることができたら、それは呂賢妃一派や徐順儀たちにとっては大勝利と言える事態だろう。

だから気を緩めるつもりはまったくない。――けれど。

（それよりもわからないのは、陛下の心のほう……）

ここ数日に至っても閉ざされたままの、朱心の心を思うとつい、胸の奥がつんと痛くなる。両の拳を自然と強く握ってしまう。爪の先が、肌に食い込みそうなくらいに——

「英鈴」

その右手に、そっと、雪花の温かな手が触れた。

「ねえ、えっと……少なくとも、綺麗な菊の花と美味しいご飯は食べられるんでしょ？あたしも一緒に行くから、さ」

「……雪花」

「楽しもうよ！　ねっ、英鈴？」

そう言って、かけがえのない友人はにっこりと笑ってみせた。

——その笑顔が、どれだけ心の救いになってくれるだろう。

「うん！」

だから英鈴は、口の端を精一杯上向きにして応える。

それから、雪花の他に幾人かの宮女たちを従えて、会場である庭へと足を運ぶのだった。

「わぁっ、すごい！」

思わず口を衝いて出たといった調子で、雪花が言う。

英鈴もまた、我知らず目を見開いていた。

かつて、紅葉饗が行われたのと同じ庭。そこは今、あの時とはまったく異なる趣となっていた。

中央に敷き詰めるように置かれているのは、色とりどりなだけでなく、形も様々な菊の花の鉢植え。

色は黄色、純白、紅、薄青、紫、朱鷺色。豪壮に花弁が開いたもの、清楚に毬のような形に丸まっているもの、星のような形状のものなど——それぞれの美しさはまるで、庭に煌びやかな織物が広げられているかのよう。空の澄んだ青一色の下、それらはますます目に映える。

そしてそんな菊の花を囲うように、それぞれの妃嬪たちに食事のための卓と椅子が設えられ、その周りにいる三十余名の女性たちもまた、花々に負けぬほどに着飾っている。

——急いで視線を巡らせた。

やはりここには、黄徳妃（厳密には元・徳妃だが）は来ていない。謹慎中ゆえ当然かもしれないけれど、紅葉饗の時は楽しい時間を過ごしたのを思いだしてしまうと、少しだけ切なさが過ぎる。

そしてかつての主である白充媛や、こういった催しにほとんど顔を出さない王淑妃も来ていない。しかし——

「くすっ」

と、風に乗って小さく笑い声が聞こえる。

素早く視線を向けると、そこに立っていたのは月倫たち宮女。その中央に、まるで護られるようにして座っているのは呂賢妃だ。

「毒がどうなどと大騒ぎしておきながら、今日はのこのこと、ねぇ」

「あれ以来、何も起こっておりませんのに」

「また陛下の関心を引こうとしているのでしょう。卑しい魂胆だわ」

ひそひそと話す彼女らは、もちろん、わざとこちらに聞こえるようにして喋っているのだ。わざわざ、ちらちらと英鈴のほうを見やり、鼻を摘まんだり、蔑むような目つきになってみたり——

（本当に飽きないのね。あの人たち……！）

苛立ちのあまり、思わず走っていって、思いっきり詰め寄ってやりたいくらいの気持ちだ。

懐には、例の必殺の「苦い胃薬」である獐牙菜の丸薬も持ってきている。「臭い口は消毒しましょうねっ！」などと言って、彼女らの口に放り込んでやれたら、けっこうスッキリしそうな気がする。

しかし、そんなことをすればかえって彼女らの思うつぼである。

月倫たちは、英鈴が下賤の身だと言って馬鹿にしている。だからこちらが感情を露わにしたり、声を荒らげたりすれば、それ見たことかと一斉に攻撃してくるだろう。

だから英鈴はわざと大きく、ゆっくりと、彼女らにお辞儀するだけにした。

月倫たちは、別段鼻白むでもなかったが。

（でも、呂賢妃様）

今日も人形のように押し黙り、ただじっと庭の中央の花々にのみ視線を向けている妃の姿を見ながら思う。

（あの晩私に会ったこと、宮女たちには言っていないみたいね）

董貴妃に因縁をつけられた、などと吹聴していてもおかしくないと思っていたのに。

「うーん……」

英鈴が頬に手をやり、しばし考えに耽っていると――

「英りっ……董貴妃様！」

雪花の手が伸びてきて、こちらの片手を取ってぐいっと後ろに引っ張った。

「わっ⁉」

「あら、これは董貴妃様。ご機嫌麗しゅう」

わざとぶつかるように、真横を掠めるようにして通っておいて、冷ややかに睨みつけてくる女性が一人。そして、その取り巻きが大勢。

やや童顔ながら、細く吊り上がった目を持つ彼女を見て、その名を思い出す。もっとも、この前会った時の彼女は、もっとぐったりとしていたけれど。

「こんにちは、徐順儀様」

英鈴が挨拶しても、彼女は眉を顰めるばかりだ。それどころか、おもむろに口を開くとこんなことを言いだした。

「今日は、例の吐き戻し薬はお持ちなんですか？　会の途中で使って、陛下の気を惹くつもりなんでしょう。羨ましいこと、薬売りの娘は薬がタダで手に入るんでしょうしね」

「お言葉ですが」

隣で睨む雪花を手で抑えつつ、英鈴は言い返す。

「あの吐根という薬はかなり貴重なもので、そう簡単には手に入らないのです。ですが、あれのお蔭であなたの命が救われたこと、私はほっとしております」

――大量に服用された安眠茶の中毒症状を和らげるために、英鈴は服用者に嘔吐を促す薬・吐根を使って、徐順儀に強制的に茶を吐き出させ、彼女は一命をとりとめた。

けれど人前でそんな真似をさせられたと、徐順儀はいつまでも根に持っている。

だからこそ、英鈴はわざと堂々とその事実を突きつけた。それに対し彼女は、いかにも不愉快そうに表情を歪（ゆが）める。

その時――

「董貴妃様！」

庭に現れた一人の女性が、足取りも軽やかにこちらにやって来た。

その光景を目視した途端、徐順儀は取り巻きを連れてさっさと向こうに行ってしまった。

理由はわかる。ここへ来たのが、嬪のうちでは最上位たる楊太儀だからだ。

大輪の菊に勝るとも劣らない明るい美を湛（たた）えた彼女は英鈴の近くに来るなり、去り行く徐順儀の背を見て、にこやかだった面持ちを鋭いものに変える。

「董貴妃様のご厚意で命を長らえた身のくせに、なんて口の利き方を。貴妃様、あの者、一つ教育してさしあげたほうがよろしいのではなくて？」

「え、あ、いえ」

かつて楊太儀が英鈴と雪花に向けた苛烈（かれつ）な行いを（今はもう過去の出来事だと思っているけれど）少し思い出して戦慄（せんりつ）しつつ、英鈴は首を横に振る。

「人前であのような事態になれば、気にしてしまうのも当然ですよ。陰口や嫌がらせは困りますけれど……」

「さすが董貴妃様、なんてお優しいのかしら！　わたくしがお傍にいる限り、あの者には決して近づかせませんわ！」

真摯にそう語る楊太儀に合わせるように、雪花もまた言う。

「あ、あたしだって……董貴妃様がゆるりとこの会を楽しまれますよう、尽力いたします」

人前とあって途中から丁寧な口調になる友人の様子に、つい微笑んでしまう。

「……ありがとう。楊太儀様も、お心遣い感謝します」

そうだ、せっかくこうして庭に出たのだ。

この機会を楽しまなくては。いくら、身の周りに謎だけが渦巻いている現下であっても。

気分をそう切り替えて、英鈴は、ひとまず自分の席につくことにした。

楊太儀と、彼女が連れてきた幾人かの嬪たちは、まるでこちらを守るように、周囲の席に座ってくれた。これでもう、四方八方から悪口ばかりが聞こえてくるという状況にはならないだろう。

そして雪花をはじめとした宮女たちもまた、近くに控えてくれている。

そう思うと——そんなに、悪い状況ではない。

むしろ親しい人々に囲まれているなんて、とても幸せな環境だ。

（なんだか、ほっとする）

　英鈴は、久しぶりにそう思った。

　そしてその温かな感情は、やがて、菊見会のための昼餉が次々と並べられていくうちに最高潮になってくる。

　今日の献立は、菊見会のために特別に誂えられた豪勢なものだった。

　砕いた甘栗の実を、水晶のように透き通った寒天に閉じ込めた喉越しのよい前菜を皮切りに、香木で燻された風味豊かな鹿肉料理、甘辛くとろみのついたキノコと蓮根の煮物、何より重陽の節句の時期にしか作られない、柘榴と栗の実を散らした饅頭など――

　最初は毒を警戒していた英鈴も、雪花が横から「毒見してあるみたいよ！　これは大丈夫！」「これも大丈夫！」と声をかけてくれるので、だんだん気にせず味を楽しめるようになってきた。

（来てよかった……！）

　口直しのために出てきた梨を食べた頃には、心からそう思ったくらいだ。

　やがて今日の主菜として出てきたのは、獲れたての魚を塩で焼いた料理である。一見質素だが、蒸した魚卵を濃厚な出汁で溶いたものがお皿の脇に添えてあるので、舌を飽きさせない。

パリッと焼かれた素朴な味わいの川魚に、魚卵を使った出汁がよく合っている！

「お、美味しい……！」

箸を持ったまま、英鈴はついそう呟いた。

ちらりと周りを見てみると、この魚料理はどの妃嬪にも好評のようで、皆お喋りも忘れて夢中で食べている。

英鈴もまた、あっという間に料理を平らげ——そうになったので、ゆっくりと味わいながら時を過ごしたのだった。

「先日梅州から取り寄せた二胡が、とてもよい音色を奏でますの。よろしければ、ぜひ聞きにいらしてくださいませね」

「はい、もちろん！　音楽は好きですが、自分では弾けないので……楽しみにしていますね」

英鈴が素直にそう告げると、楊太儀ははしゃぐように顔をほころばせ、口元を覆った。

そんな彼女を、周りにいる他の嬪たちが微笑ましく見守っている。

料理のすべてを最後の冷菓に至るまで楽しんだ後、英鈴は椅子に腰かけたまま、楊太儀たちとの会話を楽しんでいた。本来なら菊見会の名の通り、もっと菊の花を愛でるべきなのかもしれないけれど――

（こういう時間ってめったにないんだもの）

気の合う人と楽しく喋るだけで、腹の底にこれまで澱のように溜まっていた不快感が、溶けて消えていくような気持ちになってくる。

もちろん普段、雪花と話す時間だって大切だし楽しい。けれど、こうして大人数で話をするのはもっと楽しい。そう思いつつ英鈴は、もっと楽器について話を聞こうと、楊太儀に向かって口を開き――

「……？」

ふいに襲ってきた違和感に、眉を顰めた。唇の違和感だ――動かしづらい。

（何、これ……）

譬えるなら、腕を枕にして眠っていたせいで、手が痺れて力が入らなくなっているような感覚に似ている。

――違う、譬えじゃない。これはまさに、本物の痺れ。医術の用語で言うところの麻痺、という状態である。唇が麻痺しはじめている。

それを認識した瞬間、生理的な恐怖が英鈴の心に一気に拡がる。ぞっと血の気が引いていくのが、自分でもわかる。

「……英鈴?」

「董貴妃様、どうなさいましたの?」

口元を押さえ、俯いた英鈴のただならぬ様子を、雪花も楊太儀も驚いたように見つめている。

(病気? ——違う。頭痛みたいな予兆もなく、突然こんな症状が出るはずない)

そうだ、これはきっと。

(毒だ!)

確信が頭をもたげ、さらにずんと腹の底が冷えた気持ちになってくる。しかしそんな悠長な感情の動きすら、状況は許してはくれないようだ。

「呂賢妃様っ!?」

何かが倒れるような軽い音とほぼ同時に聞こえてきたのは、月倫の悲痛な叫び声だった。

唇だけでなく、指先にも感じてきた痺れを堪えながらそちらを見やると、倒れているのは呂賢妃その人だった。

部屋に戻ろうと、座っていた椅子から立ち上がろうとしたところで、転んでしまったらしい。

そして、宮女たちの手を借りて立ち上がろうとしても——うまく、歩けないようだ。彼女は再び地に伏してしまい、その白い顔をさらに青ざめさせている。

(どうして呂賢妃様まで……!?)

英鈴が戸惑う間にも、嬪たちの悲鳴があがり、気の弱い何人かの女性にいたっては、その場で失神しそうになっていた。

「えっ、何？　これって、もしかして毒……!?」

じわりと涙を滲ませながら、雪花がおろおろと視線を呂賢妃と、こちらとに交互に送っている。

「……！」

その狼狽ぶりを見て、かえって、英鈴の心は静けさを取り戻していった。

(駄目、私が怖がっていてどうするの……！　落ち着かなきゃ)

ただの董英鈴ではなく、薬童代理の董英鈴としての意識を働かせなければ。

指先の痺れは刻一刻と強くなり、今は指の真ん中の関節まで動かしづらくなってきている。唇の端は引き攣るように痺れてきていた。時間はない。

(でもまだ、息はできている！)

ほんの少しの間、英鈴は思考を激しく巡らせた。

そう、これが毒だとして、正確な思考を奪う類のものでなかったのは、まさに不幸中の幸いだ。自分に出ている症状、そして呂賢妃の様子を観察して、原因を探れるのだから。

(食事に毒、が盛られていたとして……ご飯を食べ終えてから発症までは、半刻とちょっと。症状は口唇部と舌端、指先の痺れ。それから歩行が難しくなる、そんな毒……)

「りょ、呂賢妃様っ！」

ぐったりとしてしまった主の細い身体を抱いて、月倫は泣き叫んでいる。

「呂賢妃様が、いっ、息をしてらっしゃらない……！」

年若い宮女、喜星に至っては、青い顔をして腰を抜かしている。

その他の嬪も、宮女たちも、あまりの出来事に呆然と佇むばかりだ。

(呼吸をしていない……？　さっきの症状に加えて、呼吸困難まで引き起こす毒、といったら)

これまでに読んできた無数の文献の内容が、雷光のように頭脳を駆け巡った。そしてその中の一つと——さっき食べた、あの魚料理とがかちりと合う。

(わかった)

可能性のある毒は、一つしかない。

いよいよ激しく麻痺の症状が出て来た自分の唇を、緩く噛んで思う。

（あの薬包紙の花の意味は——こういうことだったのね！）

予測通りだとすれば、相手は、なんて悪辣なんだろう。まるでこちらの薬学の知識を試すような振る舞いをして、何様のつもりなんだろう！

しかし頭の片隅に生まれた激しい怒りは、主を抱えて泣き喚いている月倫の声を聞くうちに薄れていく。今はそれどころではない。

この状況、なんとかできる者がいるとしたら、それは自分だけだ。

毒がこちらの見立て通りなら、呂賢妃の命はまだ助けられる。自分も助かる。あとはその方法を、きちんと伝えなければ。

頭の片隅を、ちらりと、これまでの呂賢妃とその取り巻きの振る舞いが過ぎった。そして、紫丹の言葉——呂家に怪しい荷物が届いていた、ということも。

（でも、そんなの今は関係ない！）

偽善ではなく、心の底から、英鈴はそう思った。

今まさに失われようとしている命に、過去の恨みがどうとか、この先がどうだとか、そんなのは関係がない。

助けなくては。それが、旺華国の後宮にいる薬師見習いたる自分にできることだ。

月倫たちは主の異常に、急いで侍医を呼びに使いを走らせている。けれどこれだけ急激に症状が悪化している今、すぐに適切な処置を取らなければ、呂賢妃は命を落としてしまうだろう。

自分より、彼女のほうが年若く、体重が軽い。恐らく同じものをほぼ同時刻に食べたのに、体調に差があるのはそのせいだ。

(だったらそれを、好機にしなくては!)

「せ……雪花」

痺れる口元を必死に動かして発した自分の言葉は、だいぶ呂律がおかしくなっていた。

そのことで、こちらにも呂賢妃と同じ症状が出ているのに気がついたのだろう、雪花は泣きながら叫ぶように言った。

「英鈴っ! あ、あたしどうすればいいの? どうしたらあなたを助けられるの!?」

「お、落ち着い、て」

友人の衫の袖を掴み、英鈴は、そっと薬の名を告げた。自室に用意してあるから、すぐに取ってきてほしいと。

「……うん!」

涙を振り切り、決然とした表情で、雪花は頷いて素早く走り去っていった。

　これでいい。雪花の足なら、きっと四十も数えないうちにここに戻ってきてくれるだろう。

　それまでに自分にできるのは、息をし続けること。できる限り息を保って、思考を止めないことだけだ！

「董貴妃様……！　お願い、しっかりなさって！　きっと助かりますわ！」

「……！」

　差し伸べられた楊太儀の手を、無言のままぐっと握る。否、握りたかったが指が痺れて、うまく力が入らない。

　それでも、自分の心を奮い立たせるだけの何かがあった。

「英鈴！　持ってきたよ！」

　数えて三十と少しも経たないうちに、大急ぎで雪花が戻ってきた。手のひらにのるほどの、その小さな薬の包みを開けると、英鈴は近場にあった杯の水で一気に流し込む。

「……っ！」

　効果が出るのはどれくらい先か。できるだけ早く効果が出てくれなくては、誰の命も救えない。

（お願い、早く効いて……！　お願いします、神様！）

胸を押さえ、固く目を瞑り、英鈴は龍神に祈った。さして信心深いというわけではない自分だが、それでも祈らずにはいられなかった。

そして龍神の名代、だからだろうか——朱心の顔が、頭を過ぎった時。

「！」

——よし、痺れが弱まった。

英鈴はそれを確認し、すっくと椅子から立ちあがった。

それを目撃した月倫が、すかさず口を開く。

「きっ、効く薬が……！　この毒に効く薬が、あっ、あるのですね!?　董貴妃様！」

英鈴は応えない。無言のまま、ゆっくりと呂賢妃の傍へと歩いていく。

すると傍らに、さっと雪花が近寄ってきて、黙って肩を貸してくれた。

「あ、あるなら早く！　早く呂賢妃様に差し上げてくださいませ！　ほ、ほら早く！」

英鈴はなおも応えない。唇の痺れがまだ残っているし、月倫に説明をしている時間が惜しいからだ。

だからただ、呂賢妃の近くへと歩を進める。本来なら駆け寄るべきだが、足が縺れそうでそれはできない。こちらの手を握る雪花の手のひらが、緊張で汗ばんでいる。

「っ……！　そう、お、お金が欲しいのね！」

こちらの無言をどう捉えたのか、月倫は言った。

「お金なら、いくらでも差し上げますから！　呂賢妃様のご実家は最高の名家、きっと望むままの褒美をとらせてくださいますわよ、おほほほほほ！」

「……」

「なっ……なんてこと、この女狐！」

月倫はついに、眦を決して声を荒らげた。

「いくら敵対者だからといって、我が身は救えど呂賢妃様を見捨てるだなんて！　ああ浅ましい、なんて卑しい女なの！　これだから下賤な商家の出は……！」

「黙って!!　卑しいのはどっちよ！」

大声で彼女の言葉を搔き消すのは、傍らにいる雪花だった。

その声音には、いつも明るく元気な彼女らしからぬ、鋭い怒りが籠っている。

「英鈴の気持ちも知らないで、自分の都合ばっかり言って！　黙って英鈴のやることを見てなさいよ、この馬鹿ぁっ！」

「な、な、ば、ばっ……？」

言葉を失い、口をぱくぱくさせたまま、月倫は雪花とこちらとに視線を送っている。

こんな状況だが、英鈴はなんだか少し笑いたくなった。あの口の開き具合、ここから獐牙菜の丸薬をぽいっと投げたら、月倫に食べさせてあげられそうだ。

（まあ、今は……そうしないでおくけどね）

「どいてください」

今なお目を白黒させている月倫を、押しのけるようにして呂賢妃から遠ざける。

「何をする気っ⁉」

喜星が、途端に非難がましい声をあげた。とはいえ彼女は、へたり込んだまま動こうともしない。

もし英鈴が呂賢妃に危害を加えるつもりだと思っているのなら、すぐにでも止めに来るはずだ。なのに月倫も喜星も、その場から動かない。

あれこれと口では言っていても、心の奥底では、こちらを信用しているということか。正確には、こちらの薬学の才を、だけれど。

（それならそれでいい。この後、ちゃんと私の指示に従ってくれないと困るもの）

――でないと、呂賢妃様はこの場で死ぬ。

頭の片隅で冷静にそう呟いた後、英鈴は、雪花の手助けを借りつつ呂賢妃の身体を地面に仰向けに横たえさせた。

隣に座り、少しの間、彼女の薄い胸の動きを見る。――ほとんど動いていない。ということはやはり、さっきの宮女たちの言葉の通り、とても呼吸が弱まっている状態だ。

見立て通りだと思いつつ、彼女の細い首に――否、顎に手をかけて、少しだけ相手の顔を上向きにする。

それから英鈴は、地面に膝をついて呂賢妃の身体の上に横から身を乗り出し、半ば覆いかぶさるようにすると――

彼女の鼻を摘まみ、その唇に自分の唇を重ねた。

「ひ……!?」

月倫の引き攣った声が耳に届き、またその場にいる多くの嬪、宮女たちの、戸惑いと恐怖の視線が自分の背に突き刺さっているのを感じる。

「英鈴……!?」

雪花もまた、ひどく驚いた様子で声を発していた。

しかし今の英鈴は、一切動揺などしない。

それよりもただ、唇を重ね続けること――さらに言えば、自分の肺腑の内にある空気を、呂賢妃の肺腑へと送り込む作業に集中していたのだ。

彼女の胸元が、わずかに膨らんでいるのが見える。こうまでするのにはかなりの勢いで息を吹き込む必要があるが、そうしなければ呂賢妃は死んでしまうのだ。

一旦口を離し、自分も息を吸い、それからもう一度唇を重ねて彼女に息を吹き込む。

何度もやっているうちに、ようやく多少は冷静になってきた様子の月倫が、恐る恐る近づいてきた。

いい頃合いだ。それに――こちらも徐々に、指先の痺れが戻ってきている。

（やっぱり、あの薬じゃこれが限界みたい……）

時間切れが迫る中、英鈴は、努めて冷静な声音で、ひたと月倫を見据えて言った。

「いいですか、この毒は……食事に盛られていた毒は、呼吸を止めます」

「えっ……！」

「けれど絶え間なく息を吹き込み続ければ、いずれ必ず体内で中和されます」

――駄目だ、薬の効果もこれまでだ。息が苦しくなってきた。

（それでも……！）

己の胸元を押さえつつ、呂律がおかしくなってきた口を必死に動かし、英鈴は続ける。

「呂賢妃様の命を、救いたかったら……私が今したのと同じことを、呂賢妃様が自分で息ができるようになるまでずっと行うように。息を、吹き込み続けるんです。絶え間なく」

「……」

「わかりましたね！」

目をぱちぱちさせている月倫に強い口調で告げると、彼女は、こくこくと何度も頷いた。

——これでいい。

思った瞬間、気が抜けてしまった。英鈴は、ぐったりと地に自分の身を投げ出す。

「英鈴っ、大丈夫!?」

「雪花……」

また涙目になっている彼女の手にそっと触れ——もう握るほど指が動かせない——ゆっくりと、告げる。

「わたし、にも、同じ、ように……て、手当て、して……毒が、消える、まで……」

——言い終えた瞬間、息ができなくなる。

「英鈴！」

雪花が叫ぶ。でも、彼女はちゃんと言われた通り、こちらの身を横たえ、唇を重ね、息を吹き込みはじめてくれたらしい。

彼女から伝わる空気が、細い蜘蛛の糸のようながらも、英鈴の意識を繋いでくれる。

「月倫様っ、次は私が代わります！」

「雪花殿、わたくしも手当てしますわ！　あなたは休んで！」

「お、お願いします……！」

こちらが指示しないうちにも、何人もが交替で、呂賢妃と自分とに息を吹き込んでくれているようだ。

（これなら、きっと……私も、呂賢妃様も、助かる、かしら……）

痛みはない。意識もはっきりしている。

ただ身体が動かず、自発的な呼吸が止まってしまう。

しかも摂食してから症状が出るまでの時間が早く、状況が悪化するまでの時間も短く、周囲がまごついている間に、患者は呼吸不全を起こして最悪の場合、死んでしまう。

それが、この毒——

すなわち、河豚（ふぐ）の毒の恐ろしさ。

（さっき食べた、あの川魚についていた魚卵の出汁（だし）——あれに、河豚の卵巣が使われていたのね）

半ばぼんやりと、肉体から意識が遠ざかるのを感じつつ、英鈴は考える。

河豚の卵巣には、人間を簡単に殺せる恐ろしい毒が含まれている。それは、太古の時代から旺華国の民に広く伝わる常識である。

しかし同じ魚卵の中に、河豚の卵巣が混ざっていたとして、それに気づける者はいないだろう。今回もまた、毒を毒と認識させない『不苦の猛毒』が使われていたというわけだ。

要するに、英鈴と呂賢妃が食べた料理にだけ、毒が混ざっていたのである。

一方で、秘薬苑にあった、あの鳥兜の花の薬包紙——

あれが指していたのは、すなわち、この状況を打開するための道しるべだったらしい。

英鈴がさっき雪花に持ってきてもらったのは、まさに鳥兜の根を使用した薬・附子である。それを飲んだことで、一時的とはいえ、英鈴は体調を回復させ、呂賢妃の命を繋ぐ術(すべ)を伝えるための時間を稼ぐことができた。

なぜなら、河豚の毒と鳥兜の毒とはまさに相克関係にあり——つまり、互いの毒を抑制する作用があるからだ。

(秘薬苑の古文書、読んでおいてよかった……)

河豚の毒と鳥兜の毒を同時に服用すると、毒がお互いの効果を打ち消し合うため、自覚症状としては何もない状態になる。

ただし、それはあくまでも短時間だ。書に記されたところによると、河豚の毒が体内で中和される速度のほうが、鳥兜の毒が体内で代謝されていく速度よりも速いため、同時に服用しても、いずれ鳥兜の毒のみが発症することになるという。

河豚の毒は、先ほど月倫に言った通り、息さえ吹き込み続ければいずれ体内で勝手に消化される。だから治療さえ行えば、患者はまた、健康な元の状態に戻れる。

けれど鳥兜の毒はそういかない。古来より、その中毒症状を抑える方法はいくつも考案されてきているものの、少なくともこの状況ですぐに採用できるようなものはない。

だからこそ、仮に呂賢妃に附子を飲ませたとして、時間が稼げるだけで、命を救うことはできない。鳥兜の毒を飲ませるのも、もってのほかである。

ゆえに英鈴は自分だけ附子を飲み、一時的に河豚の毒の症状を止め――弱毒化されている附子では、やはり、稼げたのはほんのわずかな時間ではあったけれど――彼女と自分の命を救う方法を周囲に伝えたのだ。

ぎりぎりの戦いではあったが。

(……それにしても……)

最初の事件の時は「馬銭の花の絵」で馬銭子を入れたことを示し、今回は「鳥兜の花の絵」で河豚に相克する附子を使って命を繋ぐように示してくるなんて――

(手がかりにしては、絵の意味が毎回変わっているような……やっぱり相手の考えは、よくわからないままだけれど)

少なくとも、河豚の毒と鳥兜の関係を知っているあたり、やはりこの事件の犯人は、相当に薬学の知識のある人物だ。

それにこうして死の淵(ふち)に晒(さら)されている以上、呂賢妃がその首謀者というのも、もはや考えられないだろう。

犯人は、呂賢妃ではない。その一派でもない。劉紫丹先生が目撃したという箱の謎は残るものの、少なくとも、直接呂賢妃が指示して今回の事件が起こったわけではないはずだ。

（なら、誰が……？）

さっき視界の片隅に見えた徐順儀は、この事件を目の当たりにして単純に怯えている様子だった。

けれど例えば、彼女が裏社会に繋がっている薬師に指示を出した、ということだって考えられるし――

（……）

急に、どっと疲労を覚えた。

（そうか、これまでけっこう……ずっと、気を張っていたものね）

警戒していたのに、結局、毒を食べてしまった。薬師志望としては恥ずかしい話だ。

でも呂賢妃の命を救えたなら、それでいい。

（……少し、眠ろうかな……）

意識が、暗闇に沈んでいく。

「英鈴！　英鈴、駄目、目を閉じないで！　起きてないと、英鈴……！」

雪花の声が遠く、遠くなっていくのを感じつつ——
英鈴は、気を失った。

・

第四章　英鈴、七転び八起きすること

「はっ……！」

目を開けた英鈴（えいりん）の視界に、最初に映ったもの。

それは、無表情にこちらを見つめている朱心（しゅしん）の顔だった。

白皙（はくせき）の美貌（びぼう）に、墨を流したような黒髪、深い鳶色（とびいろ）の瞳（ひとみ）。けれど、その面持ちから感情を窺（うかが）い知ることはできない。

彼は英鈴が自分を見た瞬間はわずかに目を見開いたものの、それから先はまた表情を硬いものに変え、あの酷薄な笑みを浮かべるでもなく、低く、厳かに言った。

「起きたか」

「あ、へ、陛下……」

「丸一日眠っていたのだ、まともに話せまい」

朱心はそう言うと、寝台――そう、英鈴の身体は自室の寝台に横たわっていた――の隣の机から、水が入っているらしい杯を取り、こちらに渡す。

確かに、口の中がからからでうまく話せない。

半身を起こした英鈴は、黙礼して杯を受け取ると、ゆっくりと中身を喉に流し込んだ。

乾燥しきっていた身体が潤い、少し、頭がはっきりした気がする。

改めて、自分の様子を確認してみた。

英鈴は今、厚手の寝間着を纏っている。外傷はなく、息も苦しくない。

ゆっくりと呼吸し、両手の指を軽く動かしてみる。――違和感はない。

「医師によれば、毒は無事に中和されたそうだ」

なおも淡々と、朱心は言った。

「後遺症もないだろうとのことだ。運がよかったな」

「あっ、あの」

思わず彼の言葉を遮るようにして、問いかける。

「呂賢妃様はご無事ですか？　それと、雪花や楊太儀様たちは……」

自分は、こうして無事でいられた。

けれど呂賢妃はあの後、どうなったのだろうか。それに今この部屋には自分と朱心しかいないようだけれど、雪花たちはどうしたのだろう。

そういう思いから質問したのだが、朱心はそこでようやく、口の端を軽く上向きにした。

「我が身より他人が心配か？　お人好しなのか、それとも余裕綽々なのかわからんな。まあいい」

朱心は軽く座り直すと、腕を組んで応える。

「安心せよ、全員無事だ。呂賢妃はお前より少しばかり早く目覚めた。今は部屋に留まっているようだが、命に別条はないとの見立てだ」

「よかった……！」

心からほっと安心して、英鈴は呟いた。

どうやら月倫たちは、ちゃんとこちらの指示を聞いてくれたようだ。

彼女らがこれまでしてきた行為など、今はどうでもいい。

あの卑劣な毒から、呂賢妃の命を救えたのだから。

「あっ、それで雪花たちは」

「お前の宮女や太儀らは……」

皇帝は、扉のほうを見やりつつ、続ける。

「お前が気を失って以来、昼夜を問わず看病を続けていた。いい加減体調を崩しかねない様子だったので、先ほど命じて、部屋に下がらせた。お前が目覚めたと聞いたら、喜び勇んで戻ってくるだろうがな」

「そ、そうでしたか」

ものすごく心配をかけてしまった。それに怖い思いもさせ、迷惑もかけてしまった。

後できちんとお礼を言って、謝らなくては。

「それから」

思考に沈みそうになったこちらの意識を引き戻すように、朱心は口を開いた。

その面持ちからは、また笑みが消えている。

「お前が担ぎ込まれた時――こんなものが、机の上に置かれていたらしい」

「えっ……!?」

まさか、という思いが過ぎり、頭の中は警戒一色に塗り替えられる。

そして朱心が懐から取り出してこちらに見せたそれは、紛れもなく、茶色くかさかさした紙の切れ端――つまり。

「薬包紙……!?」

――またいつの間に、人の部屋に入り込んだのだろう。

それだけじゃなく、あんな事件まで起こしておいて堂々と、まるで次を予告するかのように置いていくだなんて。

(人をなんだと思ってるの……!)

怒りにかられつつ、朱心から受け取った紙きれに、じっと視線を巡らせる。

そしてやはり——そうであってほしくなかったけれど——それは、例の謎の薬包紙そのものであった。

今度のものにも、また別の花の絵が描かれている。今回は五枚に分かれた、少し尖った形の花弁を持つ花。

実家に住んでいた頃、隣に住んでいたおじいさんが、趣味で育てているのを見かけたことがあるからわかる。これは——

「瓜の花、ですね」

「ほう」

さして感慨があるわけでもなさそうな声音で、朱心は相槌を打った。

「それで、瓜にも毒があるのか？」

「！」

思いもよらぬ一言に、つい、朱心の顔をじっと見つめてしまった。

この薬包紙に描かれている花が毒を示しているとは、朱心には伝えていなかったはずだ。

なのに、どうして——

「何を驚いている？」

朱心の怜悧な瞳が、こちらをまっすぐ見据えている。

「雪花なる宮女から、話はある程度聞いている。最初の薬包紙には馬銭、次は鳥兜——どちらも毒草だ。ならば、三度目のそれも毒を示すだろうと考えたまでのこと」

「な、なるほど」

朱心の洞察力の前では、話すも話さないも大して変わりはなかったようだ。

気を取り直して、彼に説明する。

「もちろん……食用として知られる瓜に、身体を害するような毒は含まれません。ただある種の瓜には、腹痛や嘔吐などを引き起こす毒があると知られています。そうした瓜が悪用されることとは、充分にあり得るかと」

「なるほどな」

フン、と皇帝は軽く鼻を鳴らした。

一方で、英鈴はもう一度じっくりと薬包紙を眺めてみた。

(そういえば……今度の薬包紙には、また五角形が描かれている)

瓜の花は、最初の馬銭の花がそうだったように、正五角形に囲われていた。

(馬銭と瓜は五角形。鳥兜の時は五芒星——もしかして、やっぱりこの図形にも何か意味があるのかしら)

花が言わずもがな、関連のある「毒」の種類を表しているのだとしたら、この図形は何を示しているのだろう。

馬銭の時と鳥兜の時では図形が違う。ということは、これらの図形が示す意味は、最初の事件と次の事件との「違い」の中にあると考えていいはずだ。

（この五角形がどういう意味なのかさえわかれば、犯人が今回、瓜の毒をどうするつもりなのかもわかるはず）

押し黙り、考え込んでいた英鈴は――朱心が、こちらをじっと見つめているのを感じ取った。はっと目を向けると、彼はおもむろに、静かに、こう問いかけてくる。

「……それで。お前はこれからどうするつもりだ、董貴妃」

「もちろん、犯人を止めます！」

きっぱりと、英鈴は告げた。

「私ばかりでなく、呂賢妃様の命まで狙うなんて……何が目的か知りませんが、こんな振る舞いを放ってなんかおけません」

そこまで言って、英鈴はようやく気づいた。

――さっき、朱心は英鈴が「丸一日眠っていた」と言っていた。ということは、重陽の節句の儀式が執り行われるのは明日になる。

「……！」

瞬時に脳裏を過ぎる、最悪の想像。英鈴は、朱心にすかさず問いかけた。

「陛下。明日の重陽の節句の儀式では、確か皆で捧げものの料理……饅頭をいただくのでしたよね」

「龍神に捧げた饅頭を皆で食すのも、習わしの一つだ。それがどうした」

「私には、この一連の事件の裏に誰がいて、何をしでかすつもりでいるのか、それはまだわかりません。けれど」

寝台の掛け布を強く握りつつ、続きを述べる。

「その饅頭に、毒が仕込まれる恐れは充分にあります。陛下、儀式は中止にするべきでは」

「我が国で、龍神に祈りを捧げる儀式がどれほど重要かはお前もわかっているだろう」

呆れたような眼差しで、彼は言う。

「中止になどできるはずもない。当然、呂賢妃や文官、武官たちにも、予定通り参じてもらう」

「で、でしたらせめて、饅頭を食すことはおやめください！」

必死に食い下がってみても、朱心の目つきは変わらない。

その事実に胸がずきりと痛むけれど、英鈴はさらに告げた。

「相手は菊見会で、あれほど毒見が行われていたにもかかわらず、それをすり抜けて毒を仕込んできました。最初に、菓子に馬銭子を入れてきた時もそうです！　それに私の部屋や秘薬苑にも、勝手に侵入してきているようですし」

「だから危機感を持つべきだ、と？」

「いつも注意深い陛下が、それをお持ちでないとは、最初から思っていません」

ややや皮肉っぽい物言いになってしまった。

しかし、朱心の眼差しはやはり変わらない。頑なだ。

英鈴は、軽く息を吐き――それから、やや語勢を落として言う。

「……陛下。重陽の節句の儀式を執り行うなら、せめて、私に厨を監視させてください。いえ、もちろん警備自体は入念にされていると思いますが……」

「お前自身の目で見れば、少しは安心できるというわけか？」

「はい」

はっきりと告げ、首肯する。

「……そうか」

その時――朱心は、軽く視線を逸らした。まっすぐこちらを見ていたその目が、少しだけ床のほうに向けられる。

その瞳の色は――もちろん、色自体は普段と変わりないはずだけれど――どことなく暗く、少し揺らいでいるように思えた。

（え……？）

そしてこちらの一瞬の戸惑いが、明確な問いかけになるよりも早く。

朱心の白く大きな手が、伸びてきたかと思うと――

「！」

英鈴が持っていた薬包紙を、さっと摘まんで奪い取る。

「な、何を」

「お前の意向はよくわかった。……董英鈴」

貴妃、ではなく名で、彼はこちらを呼ぶ。

「今後一切、この事件に関わることを禁ずる。お前は手を引け」

「なっ……！」

瞬間、驚きと怒りが胸の内から湧き上がってきて、頭がかっと熱くなるのを感じた。

「どういう意味です、陛下⁉　『己自身でなんとかしろ』と最初に仰ったのは、陛下ではないですか！」

「皇帝たるこの私に抗弁する不敬、病み上がりゆえの狼狽と不問に付してやる」

　こちらを再び見据えている朱心の瞳は、今度は、ひどく冷たい光を放っている。

「もはや事態が、お前一人の手に負えるものではなくなったというだけの話だ。お前は手を引き、実家の董大薬店に帰って療養せよ」

「は……!?」

　あまりにも信じがたい朱心の一言に、英鈴は、我を忘れてなおも抗議する。

「実家に……ですって？　そんな……わ、私は貴妃なのですから、容易に家には帰れない身なのでは。それに療養と言われても、私はもう健康ですし」

「この国のすべてを差配するのはこの私だ」

　肩にかかる黒髪を軽く掻き上げ、彼は言った。

「貴妃たるお前の去就もまた、私一人が定めるものだ。お前の意思が通るとでも思っているのか？」

「か、帰りたくありません！」

　英鈴は、これ以上なく声をあげて言う。

「このまま実家に戻るなんてできません。どうかそんなご命令をなさらないでください、陛下！」

　あの薬包紙を思い浮かべつつ――そして、王淑妃に聞いた話を思い出しつつ、英鈴は続けて必死に訴えた。

「後宮の人々を相手取り、毒を売って私腹を肥やすような……毒を、まるで花を売るように気軽に売り渡すような者たちを、これ以上ここに出入りさせていていいんですか!?」

言い放った瞬間——朱心の眉間には、今までに見たことがないほどの深い皺が刻まれた。

驚き、思わず言葉を失った英鈴に対し、朱心はその鋭い面持ちのままで言う。

「くどいぞ、董英鈴」

ひときわ冷酷に、その言葉は響いた。

「毒を喰らって寝込んでいた身で、よくそこまで思い上がれるものだな」

「っ……!」

——悲しい、というよりも、怒りのほうが勝っていた。

別に、心配してもらえるだなんて期待は最初からしていない。

だけど最低限の信頼関係はあったはずだ。なのに今、皇帝は頑なにこちらの言い分を拒絶し、何かと言えば自分のほうが上だと主張するばかり。

(どういうつもりよ……!)

また誤解かもしれない、彼には何か意図があるのかもしれない、と、頭にかすかに残った冷静な部分は告げている。

でも、それでも、自分の怒りを抑えることができない。

──もしもの時のために、用意はしてあった。

英鈴は寝台の横の机の、隅に置いてある小さな麻袋を摑み、中身を取り出すと──

さらに何ごとか告げようとしていた目の前の朱心の口めがけて、過たずに投げ入れた。

「うぐっ……!?」

獐牙菜（しょうがさい）の丸薬だ。強烈な苦みを口にした朱心は、驚き交じりに苦悶（くもん）の表情を浮かべている。

「薬童代理としての、本日分のご奉公です」

──罰すると言うのなら、好きにすればいい。

半ば、そんな捨て鉢な気持ちで告げたのに、ややあってから態勢を整えた朱心は、相変わらずの冷酷な眼差しである。

「そうか。大儀だった」

堂々とそう言って、彼は、席を立つ。

「明日の夜までに、実家に戻れ。話は以上だ」

言うだけ言って、背を向け、歩を止めることも振り返ることもなく──

皇帝・丁（てい）朱心は、英鈴の部屋から出て行った。

「……」

英鈴はというと、存外冷静な気持ちで、その後ろ姿を見つめていた。

――奇妙に静けさを保った心の内で、やっぱり足音のしない人なんだな、という関係のない感想が、とりとめなく浮かんだ。

＊＊＊

朱心と入れ違いになるように部屋に駆けこんできた雪花、そして楊太儀たちは、英鈴の無事を心から喜んでくれた。

特に目の下にクマまで作りながらも抱きしめてくれた雪花の存在と、彼女が作ってくれたお粥（かゆ）の温かさには、英鈴自身、とても救われたような思いがした。

けれど、それでも、皇帝直々の命令は命令だ。

明日の夜までには、永景街（えいけいがい）にある実家に帰らなければならない。

（……これからどうなるんだろう……）

外に出ると、既に夜になっている。空気はしんと冷え、澄んでいた。

一人、秘薬苑の亭子（あずまや）の屋根の下で椅子に腰かけた英鈴は、ぼんやりと考え事をしていた。

——朱心とは、出会ったばかりの頃からいつもこうだ。

脅されたり、命令されて振り回されたり……そして英鈴が何かを得たその裏で、必ず朱心が得をしている。

奇妙な関係だけれど、それでも、陛下と自分との間には信頼関係だけはあると思っていた。なのに今——やっぱり、彼のことがよくわからなくなっている。

命を狙われたのが英鈴だけならば、後宮から遠ざけようという朱心の考えもわかる。でも呂賢妃も暗殺されかけた今、英鈴だけを実家に帰したところで、意味などないようにしか思えない。そもそも——

（あんなに、こちらの話を聞き入れてくれないなんて）

あの無表情な面持ちと、冷酷な眼差しを思い出すだけで、胸の内がずんと冷えていくような気持ちになる。

薬師（くすし）になるという夢を、最初に応援してくれた人のはずなのに。

彼の笑顔を見るだけで、あんなに鼓動が高鳴っていたはずだったのに。

どうして、今はこんなことに。

「……」

目に涙が浮かびそうになって、必死に堪（こら）える。

――そう、あの中秋の宴の前の頃は、陛下がこの涙を拭ってくれた。

この秘薬苑で、こんな雰囲気の夜に。でも今は、自分一人。

（……駄目。泣いてる場合じゃないんだから）

そうは言っても、溢れそうになる涙を止められない。

虫の音が鳴り響く中、なんだか、この世界に自分一人きりにされてしまったような心地がしてくる。

「……」

俯いたまま、けれど、部屋に戻りたくもない。

そんな気分でしばし、英鈴がじっとしていると――秘薬苑と外の庭とを隔てる石塀の向こうに、足音が聞こえた。

（誰……!?）

もしや、正体不明の暗殺者だろうか。

我知らず息を呑み、じっとしていると、聞こえてきたのは穏やかな、よく知っている声。

「こんばんは、董貴妃様」

「燕志さん……？」

塀の向こうで立ち止まったらしい燕志は、問いかけに対し小さな笑い声を零した。

「どうぞ、私めのことはお気になさらないでください。ただ、夜の散歩がしたくなっただけでございますので」

嘘だ、と英鈴は直感的に思った。

とはいえ、こちらを監視しているわけでもないだろう。朱心の一番の側近として仕えている彼が、命じられて見張っているのだとしても——燕志ならきっと、そうとわからないようにするはずだ。

わざと足音を立て、自分の存在に気づかせたのだろうか。だとすると何か、彼なりの考えがあるに違いない。

そう思っていると、先にまた口を開いたのは、燕志のほうだった。

「このような夜は……つい、独り言ちてしまいたくなりますね」

「えっ？」

こちらの戸惑いに構わず、しかしはっきりとよく聞こえるように、彼は言葉を重ねた。

「ええ、独り言です。ですから、お耳に入れようと入れまいと、それは貴妃様のお考え次第。私めも、ただこうして呟くだけのこと」

（燕志さん、もしかして……）

彼の常らしからぬ物言いからは、言葉と裏腹に、こちらに何かを伝えようという考えを感じた。表立って語ることができない事柄を、こっそり英鈴に話そうとしているように聞こえてくる。

そういえばここしばらく、燕志の様子はおかしかった。朱心に反論したり、英鈴を心配そうに見ていたり――きっと、何か理由があるのだ。

「……」

だから英鈴も、無粋な問いかけなどしない。

ただ黙って、彼の「独り言」に耳を傾けることにした。

するとそれに合わせたかのように、燕志はおもむろに語りはじめる。

「主上は、足音を立てずにお歩きになりますね。私めが幼い頃、初めて主上にお会いした時は……まだ、そのようなこともなかったのですよ」

（え……）

確かに、朱心は足音を立てない。いつの間にか背後に回られていた、なんて状況が今までに何度もあったような気がする。

――てっきり、癖のようなものと思っていたのだけれど。

「私めが姉と共に金枝国からこの国へ来て、最初に主上とお会いした時……その隣には、当時の徳妃様であられた、主上のお母君がおられました」

燕志は、静かに語る。

「お母君はとても美しく、才気豊かな女性でした。後宮に入ってすぐに徳妃に取り上げられるほど、先帝陛下からの覚えもめでたい方だったのです。けれど、そのご生家は決して位が高いとまでは言い難く……先帝陛下のご寵愛が深くなればなるほど、お母君と、御子である主上は苦しい立場に追いやられていきました」

「……」

口を閉ざして話を聞きつつ、英鈴は思う。

――平民出で貴妃となり、薬童代理を仰せつかっている自分にすら、風当たりがこんなにも強いのだ。

もし大きな後ろ盾もなく、皇帝からの確かな寵愛を受け、しかも後継ぎとなる男の子が生まれたりしたら、それはどれほどの嫉妬と恨みを買うだろう。

「そして、私が主上とお会いして半年が経った頃」

燕志の穏やかな声に、悲しみの色が混じる。

「……お母君は、突然亡くなられました。『後宮病』によって」

「えっ――!?」

思わず「独り言」という前提を覆して、英鈴は声をあげてしまった。

燕志は小さく、苦笑するような声を発してから、続きを述べる。

「主上と共に、苦瓜を使ったお料理を楽しまれていたところ突然倒れられ、そのままお亡くなりになったと聞きます。身体が痙攣し、呼吸ができなくなり、激痛に悶えながら……そう、董貴妃様の菓子の箱に潜り込んだ、あの哀れなネズミと同じように。苦みを避けておられた主上は、ご無事で済んだのですが」

「そんな……！」

では、つまり——朱心の母もまた、馬銭子で殺されたということか。

最初に英鈴が事件を報告した時の、あのどことなく態度のおかしかった朱心の姿が、脳裏を過ぎる。

（もしかして、ずっと陛下のご様子がいつもと違ったのは……）

母を喪ったのと同じ毒を使った事件が起こったから、だったのだろうか。

「それ以来、主上は変わられました」

燕志の言葉は続く。

「主上は八つにも満たぬ齢から、後宮において目立たぬよう、息を潜めて生活されていました。先帝陛下の手で正式に立太子されるまでの長い期間、ずっと……まるで影のように。だから皇帝となられても、その時の習慣が続いておられるのですね」

「……」

——知らなかった。

彼の足音が聞こえない裏に、そんな理由が隠されていたなんて。

半ば呆然としそうになっていると、燕志の「けれど」という声が聞こえる。

「こうした出来事は、かつては大して珍しくもなかったのです。『後宮病』と名を変えた暗殺を請け負う裏社会の者たちを、頼りとしてきた者どもがいたという話は、ご存じですか？」

「え、ええ」

英鈴は素直に答えた。

「王淑妃様から、少しお話は伺っていますが」

「後宮には、怨恨の連鎖が絶えません。栄達の障害となる者をこの世から消したいといった願いがしばしば、人を惑わせます。だからこそ、後宮では『後宮病』を任意の相手に齎す暗殺者を『花売り』と呼び、重宝がっていたのですよ。これは、主上が皇帝となられてから判明した事実ゆえ……姉は知らないことと思いますが」

——花売り。

あの薬包紙に描かれていたのも、毒に関連する花だ。

そう思うのと同時に、英鈴は思い出す。先ほどはただの物の譬えとして『毒をまるで花を売るように気軽に』、などと言ってしまったけれど。

あの時、朱心がこれまでに見せたことのない表情をしていたのは——こちらの言葉で『花売り』を想起してしまったからなのかもしれない。

「……」

なんとも言えずに押し黙っているこちらを置いて、燕志はさらに語った。

「『花売り』たちがこの旺華国の後宮に秘密裡に出入りするようになったのがいつ頃からなのか……それは、残念ながら私めも存じ上げません。ただ彼らが食事に毒を盛ること、その毒を毒と気づかせずに殺すこと、そしてこの旺華国の禁城に手の者が幾人もいること——それらは、確かな事実です」

「禁城に、そんな者たちが!?」

「はい、残念ながら。そのほうが、互いに仕事がやりやすいからでしょう。当時は隠語として、しばしば『花売りに花を頼んだ』と言われていたそうです。つまり、誰かの暗殺を委託した、という意味ですね」

「……！」

王淑妃から聞いていたよりも、さらに酷い話だ。

そんなに気軽に、人の命を金銭でやり取りする行為が横行していただなんて。

しかも『花売り』の手の者が、禁城にいるだなんて──

「もちろん、主上のご即位からは、そのような事態はなくなりました。主上は何よりも先に、禁城から『花売り』の勢力の排除をお始めになったのです。お母君と同じ悲劇を、二度と自分の代で繰り返さぬよう──そしてそれは、功を奏したと思われていました」

そこで少し間を置き、燕志は言う。

「董貴妃様。あなた様のお命が、狙われるまでは」

「……」

これも、知らなかった。

朱心が、ずっと暗殺者集団と戦い続けていただなんて。

そして英鈴の暗殺未遂事件が、すなわち、彼の努力が嘲笑（あざわら）われたことを意味していただなんて。

（そうか……）

英鈴の自室や秘薬苑に誰かが侵入できていたのも、毒見をかいくぐって料理に毒が盛られていたのも、今となっては理由がわかる。

その『花売り』たちが相当古くからこの後宮に出入りしていたのならば、その人脈はしっかりとここに根付いているだろうし、城内の警備のどこが手薄か、どこから侵入できるかといったような情報も、筒抜けだからなのだろう。

――恐ろしい相手だ。

「だからこそ主上は、何よりも、董貴妃様の身を案じておられるのですよ」

「私を？」

「ええ」

もはや「独り言」のふりは止めたのだろう。燕志は、温かな声音で言う。

「むろん、貴妃様の才覚であれば、今回の事件も独力で解決されるやもしれません。しかし主上は、そうした理性的なご判断と、あなた様をお母君と同じ目に遭わせたくはないという情的なお気持ちとの間で、揺れ動いておられるのです」

「ゆ、揺れ動いて……？」

なんだか、とても信じられない。

あの朱心が――どんな時も余裕たっぷりで、なんでもお見通しだといった態度の彼が、まさか判断に迷ったり、悩んだりすることがあるなんて。

だけど彼のこれまでの奇妙な、普段と違う言動の原因が、もし燕志の言うような理由にあるのだとしたら――

(陛下は、私を遠ざけようとしておられたんじゃない)

むしろ、守ろうとしていたのだ。

英鈴を実家に帰すと言い出したのも、これ以上、危険な目に遭わせないためなのだ。

(なのに私……やっぱり、陛下を誤解しそうになっていたのね)

もうこれで何度目だろう。

誰よりも冷静じゃなかったのは、自分自身だったのだ。

「私っ……！」

温かい涙が、ぽろりと目から零れ出る。

思わず嗚咽が漏れてしまい、塀の向こうの燕志が、わずかに動揺したのを感じた。

「……申し訳ありません。私めにできるのは、ただこうして物語ること。けれど貴妃様には、主上の御心を、きっとご承知いただけたと存じます」

「はい……！」

涙を拭きつつ、大きく頷く。

それを受けてだろうか、燕志が向こうへと歩き出す音が聞こえた。

「今、秘薬苑の周囲は、主上のご指示によりこの上なく警備を固めてございます。どうか、お気の済むまでごゆるりとお過ごしください」

こちらの返事を待たずに、彼は去っていった。

そして——

「っ……！」

英鈴は衫の袖で涙を勢いよく拭った。

泣くのはこれまでだ。

朱心の気持ちがわかったのだから。

信用を失ったのではなく、彼が守ろうとしてくれていたのだとわかったのだから——

もう、涙を流している場合ではない。

（今度は私が、なんとかしないと！）

胸の内にみなぎったのは、強い決意だった。

なぜ、英鈴ばかりでなく呂賢妃までもが命を狙われたのか——その理由は、今なおわからない。しかし、このまま明日を迎えてしまえば、また彼女の命が狙われるかもしれない。あるいは、『花売り』たちを排除してきた朱心自身の命が、狙われる恐れだってあるのだ。

放ってはおけない。

（さっき陛下が仰っていたように、明日の儀式を取りやめにすることはできない）

けれど、たとえ儀式が行われたとしても、そして英鈴自身が実家に戻るのは変えられないとしても――万が一の事態に、今から備えることはできる。

（落ち着いて考えなきゃ。どういうつもりか知らないけれど……あの薬包紙は、『花売り』たちがわざとこちらに寄越してきた手がかりのようなもの）

暗殺者が、自分の行いをまるで事前に予告するかのように手がかりを残すだなんて、本来ならおかしな話だ。

でもそれがここまで何回も行われているということは、あの薬包紙の謎さえ解ければ、事件を未然に防ぐことだってできるかもしれない。

「……！」

素早く亭子の下の灯り（あか）をつけ、草木事典を棚から取り出すと、英鈴は頁をめくった。

今のところ、はっきりしているのは一つ――あの薬包紙に描かれている花が、事件に何らかの形で関わっている毒を表しているということだ。

果たして瓜の項目を見てみると、そこには毒性についての記述があった。

瓜（うり）にも強い毒性を持つものがあり、名はそのまま「毒瓜」という。美しい、真紅の毬（まり）のような実が生（な）る瓜の一種だ。暖かな南国に自生するそれは、誤って食せば、消化器官に激しい損傷を与えるという。

（だからきっと、今回関わってくるのはこの毒瓜ね）

しかし、問題になるのは——果たして毒瓜が、どのように使われるのかということだ。

最初の馬銭の事件の時のように、直接食べ物に混ぜられるというのか。

それとも鳥兜の時のように、毒瓜を使って他の毒を抑制しなければならない、という意味なのか——

（毒瓜で何かの毒を抑制できるなんて話は、これまでに聞いたことがない。でも、私が知らないだけで、そういうものがあるのかもしれないし）

ここで間違えてしまえば、取り返しのつかない事態になりかねない。対策を考えるには、まず相手の出方がどうあるかを知る必要がある。

（となると、手がかりになりそうなのは……この図形）

馬銭を囲む正五角形、そして鳥兜の後ろに描かれた五芒星——

今回、瓜と共に描かれているのは正五角形だ。

「どういう意味があるんだろう」

英鈴は、思わず独り言ちた。そもそもこの図形を使っていること自体に、何かしらの意図が隠されていそうなのはわかる。でも、そこから先は見当もつかない。

（うう……都合よく、事典に何か書いてあったりしないかしら）

すがるような気持ちで、頁をめくっていく。

　例えば、この図形も何かの花を示しているのかも――と思ったが、その線は薄そうだ。星のような形をした花を咲かせる植物ならいくつか思い当たらないこともない。しかし正五角形の花など知らないし、たぶん、そんなものはあり得ない。

（発想を変えないといけないのかな……）

　そんなことを考えながら、どんどん頁をめくっていくと――

「ん？」

　一枚の紙が、ぺらりと地面に落ちていく。どうやら事典に挟まっていたらしいそれは、「林檎月餅」の草案を纏めた覚え書きだった。もちろん、英鈴自身が書いたものである。

（そうか、そういえばここに挟んでいたんだっけ）

　これを朱心に初めて提供して、褒めてもらえたのは、ほんの少し前の出来事だったはずだ。なのに今、この書きつけを見るだけで、なんだか懐かしい気持ちにすらなってしまう。

（……次に陛下の薬童代理の仕事ができるのは、いつになるのかな）

　弱気な気持ちが頭をもたげそうになり、慌てて首を軽く振ってそれを払う。

　そして――その時である。

　英鈴は、覚え書きに自分で記したある一文を見て、目を大きく見開いた。

『桂皮芍薬湯は金の気に作用し、林檎は土の気を持つ。両者は五行説でいうところの相生の関係、つまり互いが互いを補う関係性。組み合わせは最適かもしれない！』

「もしかして……！」

頭に閃くものを感じて、別の書物を手に取った。それは薬学の基本について纏められた医学書で、かなり初心者向けのものと言えるのだが——

その書の最初の章には、薬学における五行説についての説明が書かれている。それぞれの要素が互いを補うのが相生、抑制するのが相克、という説明の横に、とある図が載っていた。

五つの要素がそれぞれ、隣の要素を補いあうことを示すために、正五角形の頂点が『木』『火』『土』『金』『水』になっている「相生」の図。

そして「木は土から養分を吸い取り、土は水を濁し、水は火を消し止め——」といった、抑制の関係を示すために、五芒星のそれぞれの頂点が『木』『火』『土』『金』『水』になっている「相克」の図。

「これだ……！」

確信と共に、英鈴は呟いた。

薬に関連し、かつ正五角形と五芒星が出てくる図など、これ以外にない。

つまり薬包紙に花と共に描かれていた図形は、その花を咲かせる植物から得られる毒が、事件においてどのように使われるかを示していたのだ。

馬銭子の時は正五角形、つまり相生の関係。だから、毒と苦瓜は互いを補い合うようにして一つの毒菓子となっていた。

一方で烏兜の時は五芒星、つまり相克の関係。だから、烏兜は河豚の毒を抑制するものとして使われていた。

（手がかりにしては、絵の意味が毎回変わっているとは思っていたけれど……図形の意味がわかれば、何もおかしなことはなかったのね）

そして今回の瓜の花と共に描かれているのは、正五角形。つまり、毒は相生の関係として使われるとわかる。つまり──

（重陽の節句の儀式に使われる饅頭の中に、毒瓜が混ぜられる。そう考えて、間違いない！）

思わずごくりと喉を鳴らし、英鈴は思った。

（そうとわかれば、後はその毒をなんとかする方法を思いつけばいいだけね）

もちろん本来なら、饅頭に毒を入れられないようにするのが一番である。

しかし相手のこれまでの動きから考えるに、いくら厨を監視し、いくら毒見を重ねたとしても、毒の混入を完全に阻止できるとは考えないほうがいいだろう。

相手は、古くから後宮を「お得意様」としてきた暗殺者たちなのだ。

さらに言えば、調理された状態では、その瓜が毒瓜なのか、それとも普通の瓜なのかを見分けるのは難しい。実をすりつぶしてしまえば、瓜だと認識させずに食事に混ぜることもできてしまうだろう。

つまりあの河豚の卵巣のように、こっそりと料理の一部に混入でもしていたら、気づかずに食べてしまってもおかしくない。

（だからまず考えるべきは、毒瓜の無毒化！）

たとえ食べたとしても、重症化しない方法。それが見つかれば一番である。

とはいえ――

（その方法が全然思いつかないんだけどね……）

英鈴は、やや乱暴に自分の頭を掻く。

そもそも、河豚の毒と鳥兜の毒のような関係性があるほうが珍しいのだ。

都合よく毒瓜の効果を打ち消すようなものは英鈴の知識の中にはないし、たとえここにある書物を探ってそんな方法を今見つけたとしても、明日の出立の時間までに研究を間に合わせられるとは思えない。

（どうしよう……！）

そっと額に右手を置き、英鈴は目を閉じて考えた。

（みんなに饅頭は食べないでってお願いするとか……無理か。儀式はこの国にとって、大事なものだもの。毒が入っているっていう証拠もないのに、そんなことをお願いできない）

「ああ、もう」

英鈴は、苛立ちを紛れさせるように独り言を呟いた。

「いっそのことみんなが、饅頭を食べたくなくなるような方法があればいいのに」

そう言ってふと横の書棚に視線を送り、目に留まったのは――

「……！」

一冊の、古い料理本。

そして自分の閃きに導かれるがままに紙面をめくった英鈴は、一つの答えに辿り着く。

そして、それから数刻。

英鈴は、賭けるような気持ちで、ある「準備」にとりかかるのだった。

＊＊＊

「ふう……！」

英鈴がすべての準備を整えた頃、既に、夜はすっかり深まっていた。月はとうに中天ではなく、西の空に移っている。あと少し経てば、東から朝日が眩い姿を見せることだろう。

（でも、なんとか打開策は考えだせた……！）

目の前にあるのは、雪花に向けた書簡である。

（朝になったらこれを託して……私にできるのはそこまで）

雪花のことだ、きっとこちらの指示通りに動いてくれるだろう。しかし渡した先の出来事に、英鈴は直接関与できない。事が上手く運べば――否、それ以前に、何ごともなく無事に重陽の節句の儀式が終わればよいのだけれど。

（とにかく、もう部屋に戻って休まなきゃ。起きてすぐに頑張ったから、ちょっと疲れたかも）

もう一度息を吐いてから、英鈴は椅子から立ち上がり、秘薬苑の出口に向かった。

（必ずここに、また戻ってくるから）
誰にともなく誓ってから、振り向かずに自室へと歩を進める。
だが、庭を通り過ぎている時——
「！」
夜闇の中に、ひっそりと佇む影が見えた。
行く手を遮るように、それはこちらを向いて立っている。
（誰……!?）
戸惑い、こちらが歩を止めると、その影はゆっくりと近づいてきた。
薄青い寝間着を纏った、細い身体——人形のような、無機質な面持ち。
「呂賢妃様……」
まさか、こんな時にまで例の池の畔にまで？
「あの、お身体は大丈夫ですか？」
英鈴が問いかけると、彼女は、こちらから数歩離れた位置で立ち止まった。
そしてその眉間に、ほんのわずかながら、皺が寄る。
彼女の目は地に伏せられ、口は何ごとか逡巡するように、小さく動いていた。
けれどこちらからもう一度問うよりも早く、呂賢妃のほうから、言葉を発した。

「……ありがとう」

「えっ」

つい英鈴が驚きを発してしまうと、彼女は、どこか決まり悪いといった面持ちになる。

そして、続けてこう語った。

「あなたが、助けてくれたと聞いた。あなたがいなければ、私は死んでいるところだった、とも。……だから、お礼を言っただけ」

「そんな。当然のことをしたまでです」

正直な気持ちでこちらがそう告げると、呂賢妃は少しムッとする。

「本気で言っているの？　だから、あなたのことは嫌い」

「え」

（き、嫌いって……）

「でも」

淡々とした面持ちに戻りつつも、彼女は言う。

「あなたがいなければ、私も『後宮病』で殺されていた。十年前の、姉様のように」

——姉様？

「あ、あなたのお姉様も、その……」

「喋りたくない」

「す、すみません」

確かに、今のは無遠慮に聞いてしまった自分が悪い。

そう思った英鈴が黙ると、彼女は、ゆっくりとこちらに歩み寄ってきた。

顔と顔とがぶつかりそうなほどの距離に来たところで――月光に、呂賢妃のどこかあどけなさの残る顔立ちが照らしだされる――彼女は、小声で言う。

「借りは、必ず返すから」

そう告げて、彼女は一歩下がり、踵を返して去っていく。

何も応えられなかった英鈴をその場に置いて、静かに、まるで夜風のように。

その背中は、やがて、視界の端にわだかまる闇の中に溶けていった。

「……」

（か、借りは返すって）

これまで頑なにこちらに敵対してきた呂賢妃から、お礼を言ってもらえた。それ自体は、素直に嬉しい。

でも今の「借りは返す」という言葉は、どう解釈すればいいんだろう。

（な、何かお返しにくださるっていう意味かしら？　なんていうか、報復とかそういう意味じゃなければいいんだけど……）

——いやいや、まずは、明日についてしっかり考えておくべきだ。

呂賢妃とのことは、それから後でいいだろう。

（しっかりしないと、英鈴。これからが正念場なんだから……！）

心の中で自分を鼓舞すると、両の頬を軽く、手で叩いた。

＊＊＊

——薬童代理の仕事がないと、一日は奇妙に長く感じられる。

あれから少し長く眠り、昼前に雪花に例の書簡を渡して指示を伝えて——宮女たちと共に荷物を纏め、妃としての格好から宮女のものに改めて待っていると、すぐに夕刻になり、使いがやってきた。

あとは馬車に揺られて一刻もすれば、すぐに永景街の実家である。

「英鈴、あたし、あなたに言われた通りにやってみせるから！　だから絶対に、無事にここに戻ってきてね！」

涙ながらの雪花の言葉が、頭の中で何度も繰り返される。

（私も、帰りたい）

――後宮に帰りたい。それが、今の英鈴の正直な気持ちだった。

陰謀と悪口雑言が渦巻く場所だとしても、そこには雪花たちのような、大切な友人がいる。秘薬苑もある。薬童代理としての仕事もある。

何より、朱心がいる。

彼に会って、もう一度、きちんと話をしなくては。喧嘩別れのままになんてしたくない。

（……必ず、戻ろう）

成り行きで入ったはずの後宮だけれど、今の自分の居場所は、あそこにこそあるのだ。


「ご実家には、休暇で今晩戻ると既にお伝えしてあります」

同行してきた年老いた宦官が、お辞儀と共に告げた。

「我々はここまで。それでは、失礼いたします」

「はい。ありがとうございました」

こちらも返礼すると、宦官は馬車に乗り、去っていった。

――彼方に、あの銀鶴台が見える。

あそこでは今ごろ、重陽の節句の儀式が営まれているに違いない。

朱心も、呂賢妃も、一緒に。

(どうか無事に行われますように。私の心配が……無意味なものに、なりますように)

龍神にそっと祈ってから、改めて、実家の門構えを眺める。

四代前の店主、すなわち英鈴の高祖父が自ら書いたという「董大薬店」の木製の看板の文字は、風雨に晒されつつも、堂々と掲げられているままだ。

今、入り口の戸は閉められている状態だが、ほのかに外にまで漂ってくる草木の香りも、やや古ぼけてきた瓦の色も、何も変わっていない。英鈴が後宮に入った、あの初夏の日と。

(私、帰ってきたんだ)

いろいろな思い出が胸の内でいっぱいに膨らんでいく。

けれど、まずは家に入ろう。

(誰も外に出て来ないけど、戸の奥から光が漏れてるから……誰かが起きてるのは確かよね)

そう思いつつ、英鈴は戸に手をかける、と――

「……では、失礼いたします！」

そこから出てこようとした誰かと、ぶつかりそうになる。

「うわわっ⁉」

「きゃっ……す、すみません！」

英鈴は、ただ驚いただけだ。けれど出て来た人物――見覚えのある青年は、どうやらしたたかに頭をぶつけてしまったらしい。

英鈴に、ではなく、戸のほうにだ。

「び、びっくりした拍子にまたやってしまった……！」

「大丈夫ですかな、劉(りゅう)先生！　何か冷やすものでも……」

うずくまっている人物に、後ろから声をかけているのは――

「お父様！　そ、それにあなたは劉紫丹(したん)先生、ですか」

「おおっ！　英鈴、もう戻ってきたのか！」

「えっ……英、鈴？」

途端に喜色満面になる――ちょっと白髪が増えた気がする――父と、きょとんとした様子で顔を上げる紫丹。

（まさか、先生がうちにいらしていただなんて……！）

いや、よく考えればあり得ない話ではない。相手は医師で、うちは薬売りなのだから。

（それにしても、すごい巡り合わせだけど）

そんなことを思いつつ、英鈴は、改めて二人に礼の姿勢を取る。

「お父様、そして先生、こんばんは。董英鈴、ただいま戻りました」

「いやぁ、よく戻ったよく戻った！」

はははは、と快活に笑いつつ、近づいてきた父はばしんばしんと背中を叩いてくる。

「お前はやる奴だと思っていたが、よく後宮でこれまで無事に働いてきたものだ！　最近も薬の注文を後宮からたくさんいただいているし、お前のお蔭で店も潤っているぞ！」

「そ、それは何より……」

父の上機嫌は本当に嬉しいのだけれど——言えない。

(私が貴妃で薬童代理だから、陛下経由で薬の注文があるんだなんて言えない！)

あくまでも、両親は英鈴がただの宮女であり、休暇で帰ってきたのだと思っているのだから。

とそこで、それまで黙っていた紫丹がしげしげとこちらを見つめて、何やら不可解そうな顔をしているのに気づく、

「あれ？　あの……ええと、その、すみません」

「はい？」

「あの……あなた、宮女の雪花さん……では、ありませんでしたか？」

「えっ⁉」

——しまった！

（雪花って名乗っていたの、すっかり忘れてた！）

口の端がひくついているのが自分でもわかるけれど、こういう時に限って上手い言い訳なんて思いつかない。

「おや、劉先生」

父も不思議そうに言う。

「うちの英鈴をご存じなのですか？」

「ええ、そのはずというか、街でたまたまお会いしたというか」

「あっ、あの！」

強引に二人の間に割って入る。

「じ、実はですねえ、私っ、趣味で武侠小説を書いておりまして！」

「ほう？」

父と紫丹の視線が、こちらを向く。これ幸いと、英鈴はその場しのぎの嘘を最後まで言い切った。

「そ、その時に使う筆名が雪花なのです！　先生にお会いした時は、ええと、執筆が佳境に入っていて……それでつい、そちらの名を名乗ってしまって！」

（うわっ、苦しい言い訳）

話しながら、自分でもあり得ない嘘をついていると思ってしまう。

（こんな嘘で言いくるめられる人なんて、いるわけが……）

「なーんだ、そうだったんですか！」

紫丹は、たははと軽く笑って受け入れた。

「小説はよくわからないですけれど、芸術家肌ってやつですね！　いやぁー、才能豊かな人って憧(あこが)れちゃうなあ！」

「え、あはは、あ、ありがとうございます」

（言いくるめられる人、いた……！）

それともひょっとして、気を遣ってわざと合わせてくれているのだろうか――と思ったけれど、紫丹の様子を見るに、そうでもなさそうだ。なんてお人好しなんだろう。

「ほお、英鈴も薬師(くすし)の真似事以外に趣味を見つけたか！」

父はそう言って、陽気に笑っている。

「しかし、二人とも知り合いだったのなら、何かの縁。もしお時間がよろしければ劉先生、せっかくなのでもう少しうちで過ごしてゆかれませんか。お茶をお出ししましょう」

「えっ、よろしいんですか？　では、喜んで！」

快諾する紫丹に、にこやかな一瞥を投げかけてから、父はこちらに小さく言う。

「英鈴、母さんを呼んでくるからな。お前が帰ってきたと知ったら、すごく喜ぶぞ」

「はい！」

そうだ、後宮に入るのでずいぶんと心配をかけた母にもちゃんと挨拶しなければ。

そんなふうに考えながら、英鈴は、改めて紫丹を店の中にお招きして――

結局、父と母、紫丹、そして自分の四名で、お茶をいただくことになったのだった。

従業員たちは、もうそれぞれ帰宅した後らしかった。

＊＊＊

「はあ……」

「どうしたお前、さっきからため息ばかりついて」

父が怪訝そうに言うものの、母は何も応えない。

――薬店の一室。

英鈴の隣には今、頭を抱えてため息をつく母がいる。最初、こちらの元気な姿を見てほっと顔をほころばせていた母だったが、お茶を飲みながらしばらく話すうちに、だんだん元気がなくなっていき——今ではこの調子だ。

「あ、あのう、お疲れですか？」

ちょうど英鈴の真向かいに、父と並んで座った紫丹がおずおずと問いかける。

「よろしければ、元気が出るツボに鍼(はり)でも……」

「あら先生、すみません。別に、体調が悪いわけではないのですよ」

そう言って顔を上げた母は、やはり、こちらを見て短くため息をついた。

「ただ……英鈴、あなた、後宮でずいぶん楽しく過ごしているようですね」

「えっ？」

急に話を振られて、なんとも答えられずに口ごもってしまうと、母は続けて言った。

「あなたのことだから、どんな環境でも精一杯頑張るとしても……お勤めに疲れて、もっとやつれて帰ってくるのではないかと心配していたのですよ。なのにあなたときたら、なんだか早く禁城に戻りたそうなくらい、元気いっぱいではないですか」

「え、えっとそれは」

（元気いっぱいってほどでもないし、むしろつい最近死にかけたくらいなんだけど……）

実家が嫌なわけではまったくないが、後宮に戻らなければと思っていたのは事実だ。

「なんだ、そういうことか」

一方で、父は快活に笑って言った。

「けっこうじゃないか。こいつも楽しくやっているんだろう」

「それだけならばいいのですけれどね」

母の心配そうな目が、じっとこちらを見つめている。

「この子がいるのは後宮なのですよ。万が一、皇帝陛下に見初められて妃嬪(ひひん)に取りたてられでもしたら、こうして帰省することすらできなくなってしまうではないですか」

「ははは、お前、うちの娘にそれはないだろう！」

父は速攻で否定してきた。

「う……！」

(なんとも言い返せない……！)

というより、母の懸念はもう遅いというか――既にそうなってるというか――今回は特例だと言うべきか。

英鈴が何も言えずに、なんとなく曖昧(あいまい)な笑顔を浮かべていると、紫丹が「あっ」と短く声を発した。

「でも、そういえば雪花さ……いえ、英鈴さん仰(おっしゃ)っていましたよね。お友達ができて、やりがいのある仕事もしてるって」

「え、ええ！」

彼の言葉に、強く頷いた。

そういえば、以前会った時にそんな話をした覚えがある。助け舟を得たような気持ちになって、英鈴はさらに語った。

「後宮で会った友達もいますし、ええと……かなり高貴な方とも、お知り合いになれたりしました」

「ほう」

商売の利に目ざとい父が、興味深そうな声を発する。

「人脈は大事だぞ。英鈴、大切にしろよ」

「はい、それはもう。でも、ただの人脈という以上に、その方たちと親しくできているんです」

楊太儀や王淑妃のことを思い浮かべつつ、父に応える。

「たまに友人として一緒にお菓子をいただいたり、いろいろとお誘いいただいたりするくらいで」

「そうそう、そんな話もされていましたね！」

紫丹はにっこりと笑って、明るく語った。

「確か今度、二胡(にこ)を聞かせてもらうんでしたっけ？　楽しみですね！」

「はい、とても――」

と、反射的にそう応えたところで――

得も言われぬ違和感を覚え、英鈴は、続きの言葉を呑(の)み込んだ。

なんだろう、この感覚。何か、とんでもないことが起こったような気がする。

「どうしました？　英鈴さん」

紫丹は、きょとんと首を傾げている。

でも、やはり「おかしい」というこの感覚は消えない。否、彼の姿を見ていると、余計に生理的な危機感のようなものが募ってくる。

(そうだ)

どうして、紫丹が知っているのだろう。

楊太儀の二胡の話は、菊見会の席で、彼女から聞いただけなのに。

後宮にいるはずのない紫丹が、知っているはずがない会話なのに。まさか――

「嘘っ……!?」

弾(はじ)き出された結論が自分でも信じられずに小さく叫び、身構えつつ、英鈴はじっと紫丹を見やった。

彼はその人の好さそうな顔に、にこにこした笑みを湛えたままだ。

その佇まいからは一切、暴力的な雰囲気など感じ取れない。

だというのに——

「あぁー……えーと、英鈴さん」

彼は、頬を指でぽりぽり掻きながら、たははと笑って言う。

「これは、別にやらかしたわけじゃないんですよ。前にも言いましたけど、私、仕事ではまだやらかしたことはないので！　つまり、あなたなら気づくだろうなーって思って言ったんです」

「ど、どういう……」

「あれっ、まだ完全にはピンときていない感じですか？」

両手を合わせ、紫丹は目を瞬かせつつ語った。

「でもあなたの洞察力と行動力は、本当に素晴らしいと思っているんですよ。あの時も呂賢妃を助けるために、躊躇わずに口で息を吹き込んでみせたじゃないですか！　驚きましたよー、手がかりは与えていたにせよ、まさか自分どころか他人の命まで救うなんて」

「あなたはっ……！」

がたん、と音を立てて椅子から立ち上がる。

もはや、机を挟んで座ったままの紫丹が、何かしらの怪物であるかのように見えてくる。

「たははは……いや、本当に皮肉などではなくてですね」

こちらの動揺などまるで無視して、紫丹は続けた。

「まったく、本当に画期的だと思うんです。『不苦の良薬』……苦しみも苦みも与えずに、薬を飲ませる服用法だなんて」

その瞳が、まっすぐに英鈴を射貫いた。

「ねえ、董貴妃殿」

「っ……！」

背筋を、ぞくりと恐怖が襲ってくる。

紫丹先生――否、この男が。まさか、この男こそが！

問いを発そうとして、しかし、英鈴は気づく。

（お父様とお母様は……？）

こんな会話をしているのに、どうして、彼らは何も言わないのだろう。椅子に座ったまま口を閉ざし、俯いて――二人とも、動かない。

「ふ、二人とも！　どうしたのっ⁉」

「あぁー、慌てないで！」

両手を軽く広げ、宥めるように紫丹は言った。

「大丈夫です大丈夫、眠っていただいているだけですから！　ただの眠り薬です。後遺症もないですし、致死量でもないですよ」

まるで明日の天気の話でもするかのような気軽さで、彼は「致死量」と口にした。

その事実を認識した途端、英鈴は全身が凍てついたかのような錯覚に陥る。

（怖い……！）

手が、足が、勝手に震えている。夢なら覚めてほしい、と願ってしまうほどだ。けれど落ち着いた様子で語る紫丹の姿は、いくらこちらが瞼を閉じて開こうと消えはしない。

「ほら、見てくださいこれ」

彼は己の左の指先を、右手の人差し指で示す。その爪の先に、光を反射するか細い何かがうっすらと見える。

「強力な眠り薬を染み込ませたごく細い糸を、こうして指先に取り付けてですね……その糸の先をこっそりお茶につけておけば、どんな人でも数時間は目覚めない『安眠茶』ができるんですよ。あっ、阿片は使っていないですよ？」

（！）

その物言いに——冷たくなっていた身体の内に、怒りという名の熱が戻ってくる。

（安眠茶がどう、って……この人、今回の事件だけじゃない。中秋の宴の前の、安眠茶の事件のことも知ってる。いいえ、きっと裏で関わっていたんだ！）

怯（おび）えた気持ちは、強引に自分の心の後ろ側に追いやる。

英鈴はわざと声を張り上げるようにして、きっぱりと、紫丹に問いかけた。

「あなたは、何が望みなんですか？　あなたが、例の『花売り』ですね⁉」

「ああ、それもご存じなのですね。ええ、そうです！」

いささかも態度を変えぬまま、紫丹は首肯してみせる。

「いかにも、私たちが『花売り』です。自分たちでは、『花神』と名乗っているのですが。若輩者ながら、私が長を務めさせていただいております」

（長……！）

王淑妃から、そして燕志から聞いていた暗殺者の集団。

その長が、ここにいる劉紫丹——⁉

（あんなに優しく、麗麗（れいれい）ちゃんのお母さんを助けてあげていたのに。近所の人にも好かれていて、親切な人だと思ったのに！）

「あー、その、これも誤解しないでいただきたいんですが」

　えへん、と咳払いして、彼は続ける。

「私たちは何も、血も涙もない殺人鬼ではないんです。ただの商売人なんですよ。百年以上前から、旺華国の後宮の皆さま方に、たいへん贔屓にしていただいているだけの……」

「商売人⁉」

　物言いに苛立って、英鈴は声をあげた。

「金銭を貰って人の命を奪う行為の、どこが商売ですか！　薬毒の知識を、人殺しに使うだなんて……！」

「そんなぁー、それが誤解だっていうんですよ」

　たはは、困ったなぁ――と、彼は笑って言う。

「私たちは何も、人殺ししかしていないわけじゃないんですよ、英鈴さん。例えばちょっと手に入りづらい薬を代わりに持ってきたり、特殊な治療をしてあげたり……そうです、この前の罌粟茶だって、あれはうちが仕入れたものなんですよ」

「……！」

　袁太妃を苦しめ、黄徳妃を惑わせ――それだけでなく、多くの混乱を後宮に齎した、阿片混じりのあのお茶。あんな恐ろしいものを売っておきながら――

（こんな平然と。なんてこと……！）

ぎりっ、と両の拳を握るこちらを見つめつつ、紫丹はさらに語り続ける。

「ですが、最近は少し困っているところだったんですよ。注文が減ってしまって」

「注文……？」

「ほら、今上の皇帝陛下は、まだ後宮にお渡りがないじゃないですか」

あけすけに彼は言った。

「そればかりか、私たちの手の者を後宮から追い出そうとしていますし……まあ、全員追い出すのはとても無理でしょうけれど。とにかく争いの種も少ないし、そもそも活動もしづらくなってきていて」

紫丹は、目を伏せつつ肩を竦めた。

「それでも黄徳妃様と袁太妃様からの発注は続いていたんですが、それもついこの前沙汰止みになってしまいましたし。英鈴さん、あなたのお蔭で」

ちらり、と彼の目がこちらを見た。その目は穏やかだった。

そう、彼はずっと様子が変わらない。街の優しい医者のふりをしていた頃も、暗殺者集団の長として振る舞っている今も――まるでこのやり取りが日常の延長線上にあるかのように、至って雰囲気を変えずに、むしろ堂々としている。

それが、何よりも恐ろしい。

「っ!」

背中が粟立っているのが自分でもわかる。だけど――

(負けるもんか!)

それでも己を奮い立たせ、まっすぐに、相手を睨みつつ言い放つ。

「それで、邪魔な私を消そうとしたんですか? 料理に毒を混ぜて……」

「あぁ、まさか! それも違います、違います」

ぱたぱた、と彼は顔の前で手を横に振った。

「その逆です。英鈴さん、こうしてあなたのところまで来たのは他でもない。ぜひ、あなたにうちの一員になっていただきたいからなんですよ」

「――えっ?」

思いもよらぬ返答に、英鈴は思わず瞠目した。それに合わせ、紫丹は微笑む。

「今まであなたを毒で襲ったのは、あなたの力を試すため。でなければ、わざわざ薬包紙なんて手がかりをバラ撒きませんよ。普段なら、私たちは一切痕跡を残さずに仕事をするんですから」

(試す、って)

「わかりませんか？　あなたは私たちがネズミと菓子という証拠を奪ったにもかかわらず、毒の種類を特定してみせた。それればかりか過去の怨恨も顧みず、呂賢妃の命までも救ってみせた！　こんな手腕をその年齢で、しかも女性が身につけているなんて、まったく驚嘆に値します。そう、『不苦の良薬』の腕前もね」

「……！」

歯を食いしばる。

（そう。全部、仕組まれていたってわけね）

英鈴がこうして後宮の外に出れば、自分から堂々と接触できる。だから『花神』たちは、英鈴が後宮から遠ざけられるように仕向けたのだ。

永景街で最初に会った時、呂賢妃の実家に疑いの目が向くように（恐らく嘘の話を）したのも――その後で呂賢妃が毒に侵された時の、こちらの反応を試すためだったのだろう。

彼女を助けるかどうか、観察するためだったのだ。

（なんて、趣味の悪い……！）

「さて」

と、何やら改まった様子で、紫丹はこちらを見据えて言う。

「もう一度お願いします。英鈴さん、どうか、私たちの仲間になってくれませんか？　あなたの才能を、私たちは欲しているんです」

「……」

「あぁ、ひょっとして皇帝陛下に義理立てしていらっしゃるんですか？　でも、こう考えてみてください」

その時、紫丹の口元が、初めていやらしい形に歪んだ。

「あなたの才能を求めているという点では、私も皇帝陛下も同じ。そうじゃありませんか？」

――なるほど。

「確かに。陛下も私の才を求め、それで後宮に置いてらっしゃるのですから……あなたたちと同じ、なのかもしれませんね」

「おお、では！」

「けれど」

英鈴は、きっぱりと言い放つ。

「お断りします。私が後宮にいるのは、人を癒し、命を救う方法を究めるため。あなたがたのような人々の一員になるなんて、虫唾が走ります！」

しかし紫丹は、それを聞いても大して動じない。むしろ――

「ふーむ」

顎(あご)に手をやり、何か思案した後、彼は懐から小さな瓶を取り出してこちらに見せた。

「これ、解毒薬です」

「は……？」

「今、銀鶴台で儀式をやっていますよね？　あれのお供え物にされている饅頭に、毒を入れておきました。毒見のごまかし方なんて、私たちは百年前から知っているんですよ」

紫丹は、にこりと笑ってみせる。

「そして台の近くに控えさせているうちの従業員たちに、これと同じ解毒薬を持たせています。私が外に出て少し合図を送れば直ちに、解毒薬は皇帝陛下や呂賢妃様……その他大勢の、儀式にご列席の方々を癒すでしょう」

「……！」

「でもそうでなければ、毒を食べた陛下たちはあの世行きです」

指で摘まんだ瓶をゆらゆらと揺らして、彼は言う。

「どうです？　悪くない取引でしょう。私たちの一員になってくれたら、陛下たちの命を救います。なってくれないなら、それまでです」

「そんな……！」

英鈴は俯き、震える拳をさらに強く握った。床を踏みしめたまま、短く息を吐く。

その姿は、いかにも屈服したように映ったのだろう。こちらの耳に、紫丹が小さく会心の笑いを漏らすのが聞こえた。

だがそこで英鈴は顔を上げ、にやりと笑う。

「そんなことだろうと思っていました」

「何……!?」

その時初めて、劉紫丹の表情に、驚きの色が浮かんだ。

＊＊＊

その頃――銀鶴台の最上階。祈りを捧げる儀式が無事に終わった後、供え物の饅頭を皆で食す、という段になった時。

「う……!」

それを口に含んだ朱心は、思わず表情を歪め、すぐさま口を離した。

苦い。あまりにも、苦い。

舌で軽く触れただけでわかるほどのその鮮烈な苦みに、一瞬皇帝としての立場も忘れてしまいそうになったほどだ。

そして、こんなものが平然と出てくるほど、旺華国の料理人たちは愚かではない。

それに、毒見からこんな報告もあがっていない。

――何かが起こっている。そう考えた朱心が素早く視線を巡らせれば、同じことはこの場にいる全員に起こっていた。

ほど近い席に座る呂賢妃、宦官(かんがん)、文武百官たち――皆が一様に顔を顰(しか)め、困惑した面持ちで饅頭を見つめている。

誰一人、嚙(か)んで呑(の)み込めたものはいないらしい。

「ふむ。これはいったい、どうしたことだろうな?」

皇帝としての温厚な「表の顔」で、朱心は傍らに控えている燕志に問いかけた。

「饅頭の調理が誤っていたのだろうか。かような味、食べられる者はそういないだろうに」

「ええ、主上の仰(おつしや)る通りでございます」

燕志は、穏やかに返答する。

「しかし、その件についてはあちらの宮女から説明がある様子ですよ」

「む?」

促された先を見やれば、部屋の隅にひっそりと、紛れ込むように控えていた宮女――英鈴のお付きの雪花だ——が、意を決した表情で立ち上がるところだった。

その手には、何やら書簡を持っている。

「畏れながら、申し上げます。董貴妃様よりの言伝です！」

頬を緊張で紅潮させつつも、はっきりとした口調で雪花は言う。

「董貴妃様は、その饅頭への毒の混入を予期され、私にご命令を下されました！　饅頭の生地に、予め、牛の乳を入れよとのご命令です」

「牛の乳……？」

ざわめく周囲の者たちを手で制し、朱心は優しく雪花に問いかける。

「牛の乳とな。どういう意味か、説明してくれるか」

「はいっ！　貴妃様は、饅頭に毒瓜が混ぜられるとお考えになり、次善の策として、饅頭に毒が含まれた場合『わざと苦くなるよう』にされたのです」

文官、武官のみならず、呂賢妃もまた、深刻な様子で雪花の言葉に耳を傾けている。

今さっき食べようとしていた饅頭に、毒が仕込まれていたかもしれない——否、仕込まれていたからこそ、味が苦くなったのだという。

誰も、とても穏やかな気分ではいられないのだろう。

そんな中、雪花はさらに語った。

「仮に生地に瓜が混ぜられず、牛の乳のみが入っていたならば、それは単なる饅頭です。しかし毒瓜の実を潰して牛の乳と混ぜると、互いに影響を及ぼし合い、非常に苦い味に変わります。つまり、『不苦の猛毒を不苦でなくする』――これが、今回の貴妃様の『不苦の良薬』です！」


英鈴が秘薬苑で見つけた古い料理本に手がかりがあった。

そこには「真桑瓜や冬瓜など、瓜に分類される野菜と牛の乳を混ぜてはならない。味が苦くなり、とても食べられなくなる」という記述があったのだ。

もし毒が混ざれば苦くなる、という料理を作れたならば、口に入れて飲み込む前に、誰でもすぐ異常に気づくことができる。したがって、毒を食べずに済む。

猛毒を露わにするための英鈴の策は、見事に成功した――というわけである。


「……なるほどな」

朱心は、低く相槌を打って笑った。

その笑みが、限られた者にしか見せない、冷酷ながらも泰然としたものであるのに気づいたのは、傍らに立つ燕志だけであった。

雪花が、続けて語る。

「そして菫貴妃様より、言付けがございます」

「うむ、申してみよ」

「はい。『もし苦みを覚えることがあったら、永景街の私の家に迎えを寄越してください』

——とのことです！」

言うだけ言って、雪花はぺこりとお辞儀をし、恭しくその場に控えた。

「……陛下」

燕志がそっと囁くように言う。

「こうなっては、菫貴妃様のご意志の通りにしてもよいのではと、私めは愚考しますが」

「ふふふ」

朱心は、どこか満足げに笑みを浮かべた。

そして燕志のみならず、他の者たちにも聞こえるように、告げる。

「心配はいらぬ。もう迎えは差し向けてあるゆえ、な」

皇帝がそう告げるが早いか、銀鶴台の屋根の上から、一条の光が夜空に向かって放たれた。

花火——大輪の菊の花のごとき光が、夜空をぱっと彩って散る。

突然の光と音に驚いた民衆も、それが銀鶴台からのものであるとわかると、皇帝陛下が儀式に合わせて粋な計らいをお見せになったのだろうと納得した。

けれど、もちろん、この花火はそういう意味のものではない。

——合図だ。


「動くなっ！」

「！」

——紫丹と睨み合っていた英鈴の耳に、何やら火薬が炸裂したような轟音が壁越しに聞こえた、次の瞬間。

店の戸口、そして窓から、多数の兵士たちがわらわらと現れ、こちらを囲む。

いや、違う。囲まれているのは、今なお椅子に腰かけたままの紫丹だ。

「た、たははは」

紫丹は、頬をぽりぽり掻く。

「えーと、これは、やってしまったんでしょうか？」

「貴様の話はすべて聞かせてもらった。皇帝陛下のご命令である！　神妙にせよ、賊め！」

兵士たち——その中には、以前朱心の視察に一緒について来ていた衛兵たちも混ざっている——は威嚇するように、揺るぎなくその槍の穂先を紫丹に向けている。

「董貴妃様。お迎えが遅れまして、申し訳ありません」

兵士たちのうち、最も位が高いと思われる壮年の兵士が、恭しく拱手して英鈴に言った。

「ここは危険です。賊徒は我らに任せ、どうかお下がりください。ご両親も必ずお助けしますゆえ！」

「はっ、はい！」

四の五の言わず、英鈴は従うことにした。緊張状態からいきなり解き放たれたからか、足に力が入らないし、心臓が慌てたようにどきどきしている。

けれど頭の片隅に残った冷静さが、自身に告げた。

——これはきっと、陛下のお計らいだ。彼は、こうなるとすべて読んでいたのだろう。英鈴が毒を看破して対応策をとることも、敵の目的が英鈴であることも——そして後宮を離れ、実家に戻ったところを狙われるだろうことも。

だから兵士たちをこっそり英鈴の実家の周りに配置し、伏せさせていたのだ。

(だったら、最初からそう言ってくれればよかったのに)

紫丹の姿を見据えたまま、英鈴は後ずさる。

頭には自然と、朱心の悠然とした表情が浮かんだ。

（なんて相変わらず、意地の悪い人なんだろう……！）

そう思いつつも英鈴は、口元に浮かぶ微笑みを抑えきれはしなかった。

——だが。

「はは、はははははは」

その時。にわかに、紫丹は哄笑をはじめた。

「うーん、なるほど。すごいですね、皇帝陛下のご慧眼は」

「動くなと言ったはずだ！」

「でも」

兵士の言葉をまるで無視して、彼は——指をぱちん、と鳴らす。

瞬間、周囲一帯を、白い煙のようなものが漂い、覆いはじめた。

「さっきのは、実は『やられたフリ』なんですよ」

「なっ……!?」

妙に甘い——でも、呼吸するだけで頭がくらりとするような、この妙な煙。

「お、大人しく……！」

言い終えないうちに、最も紫丹の傍にいた兵士が、がくりと体勢を崩す。

「ありゃりゃ。大丈夫ですか、兵隊さん」

「貴様っ……！」

どすん、どさっ、と重装備の兵士たちが次々と倒れていく音がする。そして、衫の袖で顔を覆っていた英鈴も――

「うっ」

（駄目、もう立っていられない……！）

ぐらりと視界が歪み、床に膝をついた。

その耳に、いやにねっとりとした、紫丹の声が届く。

「言ったでしょう、私、仕事の時にはやらかさないんです。小さい時からの訓練の賜物でして……この煙だって平気なんですよ」

「……！」

「でも英鈴さん、私たちにはあなたの才能が必要なんです。私たちの品種改良のためにね」

はっきりと聞こえた、謎の言葉。その意味を探るよりも先に――

英鈴の意識は、闇に落ちた。

第五章　英鈴、五里霧中を戦うこと

「……！」


どことない息苦しさに目が覚めると、英鈴(えいりん)は、冷たいどこかに横たわっていた。

辺りはとても暗い――夜のようだ。

そして身を起こそうとして、うまく身体を動かせないのに気づく。

（縛られてる……!?）

心臓がどきりと跳ね上がった。思わず声をあげそうになったものの、それは口に嵌(は)められた猿ぐつわの布に阻まれてくぐもった呻(うめ)きにしかならない。

（こ、これって）

瞬間、激しい混乱状態に陥りそうになった自分を、必死に叱咤(しった)した。

（お、落ち、落ち着いて）

できるだけゆっくりと呼吸しつつ、何度も目を瞬(しばた)かせる。

――だんだん、目が慣れてきた。

真横の壁の低い位置に空いている、小さな隙間から漏れる光——恐らく松明か何かの灯りだろう——のお蔭で、徐々に、今自分がいる場所の正体が明らかになっていく。

ここは、どうやら納屋のようだ。しかも、かなり古ぼけている。

床は剝き出しの赤土で、隅のほうに古い木箱の残骸らしきものが転がっている他は、何もないし誰もいない。

そして、自分の身体は——

「うう……！」

後ろ手に荒縄で縛られ、おまけに腰にも縄がかけられ、近くにある木の杭に結び付けられている。

これではまるで、罠にかけられて捕まった動物のようだ。

(他は、何もされてないみたいだけど)

そのことには少しほっとしつつも、さっき起こった出来事を、頭の中で反芻する。

あれだけの数の兵士たちが、なすすべもなく、紫丹の使った煙にやられて倒れていった。

同じものを吸った英鈴が眠ってしまっただけなのだから、あれを吸った兵士たちが、命を落としたということはないと思う。——思いたい、けれど。

(『花売り』たちは、あんな恐ろしい薬も持ってるっていうの……!?)

ただ吸うだけで、抗う間もなく昏倒してしまう薬。そんなもの、およそまともな薬売りならば決して扱わないような劇薬だ。

そんなものを平気で使ってくるだなんて——否、そんな奴に捕まってしまっただなんて。

（どうしよう……！）

これまで生きてきた中で、とりわけ後宮に入ってから、命の危険を感じたことは何度もある。

だけどここまでの絶望はなかった。恐ろしい薬や毒を平気で扱う殺人集団の長に捕らわれ、縛られて、納屋に転がされるなど——

（私、これからどんな目に遭わされるの……!?）

——もし猿ぐつわがなかったら、自分が鳴らす歯の音が聞こえただろう。

身体が勝手に震えて、止まらない。

心臓は壊れそうなほど拍動しているのに、ただ吐き気だけが押し寄せてくる。

（このまま、ここにいたら）

最悪の想像が、次々と頭に浮かんだ。

両手首に食い込む荒縄の痛みと、暗闇と孤独が、その想像をさらに加速させていく。まるで、今ここで現実に起こっているかのように。

――駄目だ、怖がっている場合じゃない。

なんとかしなければ。

頭の片隅にそんな言葉は浮かぶけれど、浮かんだ端からすぐに消えてしまう。

(助けて……!)

頬を伝う涙を拭うことすらできないまま、心の中で呟く。

誰に祈っているのかなど、考えてもいなかった。

けれど――不思議だと我ながら思ってしまうほどに、その祈りの先は龍神でも、両親でもなかった。閉じた瞼の裏に浮かんだ姿は、朱心だった。

(陛下……)

なぜだろう。彼を想うだけで、ほんの少しだけ冷静になれる気がする。

暗闇の中の一筋の光のように、心にある朱心の姿を消さないように、英鈴は必死に彼のことを想った。彼と最後に交わした会話を、想った。

(私、結局喧嘩別れしたまま、こんなところに来てしまった)

想像上の朱心に対し、そっと告げる。

(……ごめんなさい、陛下。私、またあなたを誤解しそうになって……)

言葉はそのまま闇に溶け、消えていくかと思った。

だが、違う。心に思い浮かんだ朱心は、こちらを見て「ククク」と酷薄に笑ったのだ。

――こんなところで諦めるつもりか、董英鈴。

お前の往生際の悪さは、私も認めるところであったのだがな。


その笑みは、そう告げている。

（……そうだ）

はっと、大きく目を開いた。

（まだ、殺されたわけでも……酷い目に遭わされたわけでもない）

なら、抗えるのではないか。

ただ死を待つような気持ちになるのは、まだ早いのではないだろうか――

（そう、うっかり忘れそうになってた。いつだって陛下は、私が最後まで足掻いてみせた時にだけ、力を貸してくれた。わかっていたはずじゃない……！）

それなら、今回だって。

誰よりも自分自身が、最後まで諦めずに戦い続ければ――たとえ一人ではどうにもならない状況が訪れたとしても、いつか、朱心が助けに来てくれるのではないだろうか。

(いえ、きっと来てくれる)

陛下への自分の信頼が、やはり間違ってなどいなかったのだと、今回の事件ではっきりわかったから。

(だから、私は諦めない)

そう誓った途端に、闘志が湧いてくる。英鈴は、ゆっくり息を整えた。

(まずは、逃げる方法を考えなきゃ)

足には、縄はかけられていない。立ち上がり、少し歩いてみる。

どうやら縄の長さは、ぎりぎり壁際にまで届いているようだ。

(そ、外の様子を探らないと……)

戦うと決めたといっても早鐘のように打っている自分の鼓動を感じつつ、英鈴は、そっと壁に耳をつけてみた。

すると外からは、馬のいななきと、誰かの話し声が聞こえてきた。

紫丹の声でもないし、聞き覚えのある声でもない。もっと野太い、男の声だ。——高い声と、低い声。二人いるような気がする。見張りだろうか?

「しかし、頭首様も本当に品種改良がお好きだよな」

男のうち、高い声のほうが言った。

「小屋の中にいるのは、後宮の妃サマなんだっけ？　まだガキのようにしか見えないがな」

「頭がいいって話だ」

低い声の男のほうは、へらへらと笑うように語っている。

「頭首様は、賢い血が欲しいって言ってただろう。まあ、俺たちには関係ないさ。『花神』ご頭首様一族の繁栄はな」

「ははは、違いねえ。ああ、早くお戻りにならねえかな」

「もうそろそろだろう。お戻りになったら、俺たちにも褒美を下さるといいんだがな」

二人は、下卑た笑い声をあげている。

（品種改良……血……一族繁栄？）

聞こえてきた不穏な単語を、頭の中で繋ぎ合わせる。

そうだ、そういえば捕まる直前にも――紫丹が言ってはいなかったか。

品種改良のために、英鈴が必要なのだ、というようなことを。

（なんだか、野菜とか家畜みたいな物言いだけど。私に、そういうのを育てろっていうの？）

そこまで考えて、はたと、最悪な予測に辿り着く。

女性である英鈴をわざわざ捕らえてまでする「一族繁栄」といったら――

（もしかして、『仲間になってほしい』なんて言っていたのは）

英鈴の知識や技術、つまり頭の中が必要だからではなく、むしろその逆。

こちらの「身体」が必要だ、という意味なのではないか。

つまり――

「うぇっ……！」

気分を害するような想定に、思わず反吐を吐きそうになってしまう。

確かに、例えば足の速い馬同士を娶せて、さらに足の速い仔を産ませるなんて話は聞いたことがある。

でもまさか『花神』たちは、人間同士でそれをやっているというのだろうか。

（気持ち悪い……！　でも、ありそうな話かも）

意図的に他人事のように考えるようにしつつ、英鈴は頭の中で呟いた。

紫丹の振る舞いは、どうにも人間離れしていた。

というより、異様に落ち着いていて、人間らしい情緒といったものが欠落しているようにすら思えた。

それは彼が、もしかしたら、そうした『品種改良』の末に生まれてきた子どもだったから――なのだろうか。

（っ、気持ちの悪い想像は後回し！）

頭を軽く振り、思考を切り替えた。

男たちの話は下らない内容――たぶん賭博か何かに移ったので、これ以上聞いている必要はない。そして、周りから他に足音が聞こえるということもない。

馬のいななきは何頭分か聞こえるので、つまり、馬たちはどこか近くに繋がれているんだろうけれど――

ともかく、この納屋の周りを大勢の番人が取り囲んでいる、という状況でもなさそうだ。とはいえ『花神』の手勢の者は、たくさんいるのだろうが。

（だからここから抜け出せたとしても、一人で走って逃げるのは難しそうね。それに、そもそもどこなのかすらわからないし……）

永景街の隣街くらいまでなら知っているけれど、華州の端ともなったらまったく未知の土地だ。

（だいいち……！）

忌々しい気持ちで、自分を縛る縄を見やる。

（これをどうやって外せばいいかって話よ！）

腕を思い切り引っ張ったり、もがいたりしてみるものの、結び目に緩む気配はまったくない。普通に暴れるのでは、疲れるだけのようだ。

（どこかに、これを外せそうなものは……！）

目を凝らしてみれば、隅に転がる古い木箱の残骸の一部に、尖った箇所があった。ちょうど先端が、天井に向くようにして転がっている。

あれに縄を擦りつけ続ければ、もしかしたら切れるかもしれない。

さっそく、英鈴はそこまで近づいた。縄の長さはぎりぎり足りたので、首尾よく破片に手首の縄を擦りつけることはできた――けれども。

（くっ……！　じ、時間がかかりすぎる！）

半刻ほど時間があれば、縄は確かに切れるかもしれない。だが男たちの話では、頭首たる紫丹はもうじき戻ってくるとのことである。そんなに時間はかけていられない。

（どうしよう……！）

――そう、頭を使わなくては。なんとかならないだろうか。

英鈴は、しばし思考を巡らせた。

すると衫の袂に入れてあるものが、胸に触れているのに気づいた。

（そうだ……！　念のため、持ってきていたんだった）

非常に苦い胃薬、獐牙菜の丸薬。取られてはいないようだ。腕が使えない今、相手の口に放り込むのは無理だし、そもそも投げても避けられてしまいそうな気がするけれど。

（……投げる以外の使い道はないかしら）

そうまで考えて視界に映ったのは、壁に空いた穴と、外から聞こえる馬の声。

——よし。

自分自身に気合を入れ直し、英鈴は、壁に向かって立った。

それから、自由になっている足をなんとか動かし、地面に頭を、壁に肩を、押しつけるようにして体勢を変える。

「うぐ……！」

手は使えない。それでも、できる限り逆さ向きになれば、獐牙菜の丸薬が入った麻袋は自重で下に落ちてくるはず。

（あ、頭が痛い！　簪が突き刺さってくる……！）

あまりドタドタ音を立てていれば、物音に気づいた外の見張りたちが入ってきてしまうかもしれない。

英鈴は痛みを堪えつつ、麻袋が落ちてくれることを必死に願った。そして——

「……！」

袂から転び出た麻袋が、軽い音を立てて地面に落ちる。

（これなら！）

体勢をまっすぐに戻し、今度は地面に座り込む。紐で閉じてある麻袋の、今はきゅっと締まっている取り出し口のところに右足のつま先を無理やり突っ込み、次に左足で袋の端を押さえて――右足を横に動かし、強引に袋を開ける。

傍から見れば、たぶんすごい格好だと思う。

(でも誰も見てないんだから、知ったことじゃないわね!)

英鈴はそう結論づけて、丸薬を地面に――転がした!

(あとは……)

小さく呟きながら、足で丸薬を動かす。幸いなことに、壁の穴は地面に近いところに空いている。そこから丸薬を、馬の声が聞こえる方向へと蹴った。

暗緑色の球は、ころころと外に転がり出ていき――その姿は、こちらからは完全に見えなくなる。

(お願い……!　思い通りになりますように!)

そう祈った、次の瞬間。聞こえてきたのは、甲高い馬の悲鳴だった。

「なっ、なんだ!?」

外の男たちが、慌てた声を発する。

「おい、こいつなんで急に暴れてんだ」

「大人しくしっ……うわっ」

何かが激しく壁にぶつかり、ガシャンと倒れるような音が聞こえてくる。

（よし……！）

英鈴は、にんまりと会心の笑みを浮かべた。これで馬が暴れて、あわよくば大騒ぎになってくれれば、男たちや紫丹の注意を自分から逸らすことができる。

（その間に、手首の縄を切って脱出できれば……！）

そう思った英鈴はすぐさま、さっきの壊れた木箱の場所まで戻ろうとした。だがその時
――壁の穴から漏れている光が、ゆらゆらと揺れる。

そしてその直後、なんだか壁際の空気が、妙に熱くなってきたように感じた。

（まさか）

「おいっ、火が！」

高い声の男の、悲鳴が聞こえてくる。

「全員起こせ！　消火の手配だ！」

「ち、ちくしょう！」

彼らが喚く間にも、馬の悲鳴は絶え間なく聞こえ続けている。

どうやら馬が暴れた拍子に、火が納屋に燃え移ったらしい――

（らしい、じゃない！　見ればわかるわよ、燃えてるもの……！）

英鈴はできる限り、燃えはじめた壁際から身を離そうとする。

けれど縄の長さには限界があるし、ここに立っていても空気が熱い！　炙（あぶ）られてしまいそうだ。

「駄目だ、間に合わねえ！　藁（わら）山に火が！」

「おい、鍵（かぎ）開けろ！　中の女が死んだらまずいぞ！」

「わかってるよ！　クソッ、どこだ……」

（まずい）

男たちが入ってくる。燃えるのよりはマシだけれど、その後またどこかに連れ去られてしまうのでは、ここまで努力した意味がない！

――否。燃えるのよりはマシ、ではない。

（燃やしてしまえ！）

意を決して、英鈴は後ろ向きに火に近づいた。

途端に、両手の指を熱気が襲う。

「ううっ……！」

いつだったか、油を熱した鉄鍋（てつなべ）にうっかり触れてしまった時――それ以上の激しい痛みが、英鈴に命の危険を伝えてくる。

（だけどこれほど熱い位置にいれば、きっと縄が燃えるはず……！）

そう思ったその時、ぶすりと黒い煙をあげた手首の縄の結び目は、脆くもほどけはじめた。

（今だ……！）

大きく前方に跳ねながら、両手に力を籠める。瞬間、音も立てずに縄は千切れた。英鈴を後ろ手に縛っていた縄だけで、腰に巻かれて杭に繋がれているほうは、まだ結ばれたままだが——

（あとはこっちを解くだけ！）

そう思って腰の縄に手を掛けるが、こちらの結び目は異様に固い。特殊な結び方なのかもしれない。それに熱されたばかりの指は、空気に触れるだけでひりひりと痛み、動かしづらかった。この状況ではよく見えないけれど、火傷になっているかもしれない。

（急がないと……！）

逸る気持ちを抑えながら、必死に結び目に指を食いこませている、と——

「……頭首様⁉」

（なっ……！）

驚いた男の声が外から聞こえ、英鈴もまた、身をびくつかせる。

「まあまあ、ここは私に任せて。あなたがたは、戦いの準備をしてください。きっと、もうじき来ますから」

やはり、そうだ。紫丹の声だ。こんな状況なのにもかかわらず、異様なまでに穏やかな。

「はっ？　く、来る……？」

「いいから、ここはお任せしろ！　し、失礼します！」

訝しげな声を発した高い声の男を、低い声の男が制する。

直後、納屋の扉が開き——燃え盛る炎を背景に現れたのは、やはり、落ち着いた様子の劉紫丹であった。簡素な深緑の衣、人好きのする笑顔も、最初に会った時と同じ。

ただその手には、見慣れない、細い管のようなものを持っていた。

「こんばんは、英鈴さん。お目覚めのようですね」

「む、むぐぐぐ！」

英鈴は反射的に叫んだ。——来ないで、と言ったつもりだったが、猿ぐつわに阻まれてくぐもった声しか漏れない。

それが恥ずかしくてつい赤面してしまったこちらを、どういうわけか、紫丹はにこやかに見つめている。

「ふふ、そう慌てないでください。あなたの考えはわかります……じきに、陛下が助けに来てくださるだろうと思っているんでしょう。ええ、それは事実ですよ」

　事もなげにそう言いつつ、彼は何度も頷いている。

（え……？）

「ここは永景街から西に数十里の森、とはいえあの銀鶴台からはよく見える場所です。こんな深夜に派手に火が燃えていては、きっとすぐにでも見つかり、皇帝の手勢がここに雪崩れ込んでくるでしょうね……困ったものです」

　たははと笑って、彼は片手で頬を掻いた。

「ですけど、その前にあなたの意識を奪って逃げだすのは、そう難しくはありません」

（また薬を使うつもり……!?）

　――息を止めてでも、絶対に飲まないし吸わない！　という決死の覚悟で、英鈴は相手を睨みつける。しかし紫丹はというと、挑発するかのようにゆっくりと、首を横に振った。

「残念ですが、抵抗は無意味なんですよ。英鈴さん……あなたは、本物の『不苦の良薬』をご存じですか？」

「……？」

「まあ正確には、痛みはわずかにあります。けれどそれは一瞬で過ぎ去り、後は天国のような快感だけが残るんですよ」
語りながら、紫丹はこちらに歩み寄ってきた。
彼が見せた手の内にあった管には、何かがついている。燃え盛る焔(ほのお)に照らされたそれは
——銀色に光る、鍼(はり)だった。
「この鍼は特注品でですね。先端は当然尖(とが)っているんですが、筒状になっているんです」
後はおわかりですよね？　と、彼はにっこりと笑った。
（まさか……！）
英鈴は、我知らず後ずさった。
あんな器具、これまでに見たことはない。でも今の説明で、何が起こるかはなんとなく
わかった。
あれは、薬を直接血管に入れるための道具だ。鍼を肌に突き刺し、管の端を押して、薬
を身体の中に流し込むのだ。
天国のような快楽——ということは、恐らく中身は幻覚剤の類(たぐい)だ。洋金花(ようきんか)かある種の毒
キノコか、もしくはその混合薬か。
いずれにせよ猛毒だ。微量でも身体に入れてしまえば、今度は、思考力すら奪われてし
まう！

「う……！　ぐぐぐ、ううーっ！」

「あはは、猿ぐつわを忘れて叫んでも無駄ですよ」

わざとらしくじりじりと、彼はこちらに近づいてくる。

結び目はまだ解けない。あと数歩の位置にまで、紫丹がやってきた。

奴が手を伸ばす。まだ結び目は固いままだ。

彼の手が腕に触れそうになる。抵抗するけれど、跳ねのけられてしまう。

もう駄目だ――

(陛下……！)

祈るような気持ちで、英鈴が胸の内で朱心を呼んだ時。

「あそこだ、射かけろ！」

――聞こえたのは、いつになく鋭い朱心の声。

それと同時に、無数の弓音と共に、開け放たれたままの扉から何かが飛んできたと思った刹那(せつな)――

「ぐうっ！」

紫丹が、くずおれるように倒れた。その腕に、足に、矢が刺さっている。手からは、例の管が地に落ちた。

「英鈴！」

　また朱心の声が聞こえる。炎を突き破った彼の黒い髪が、揺らめく火を背景に、躍るように揺れる。その瞳（ひとみ）は、こちらを見据えた瞬間、はっと大きく見開かれた。

「あの者を捕らえよ」

　後に続いてやってきた武装した部下に低く命じると、朱心はこちらへ駆け寄ってきた。その手が、すぐさま猿ぐつわを解いてくれる。

「……無事か」

　無表情に、彼は問いかけてきた。

「はっ、はい！　でも縛られていて……！」

　反射的に英鈴が応（こた）えると、朱心は無言のまま、腰に帯びた剣を抜き放った。そして、一刀のもとに縄を断ち切る。

「行くぞ。ここはもう長くはもたぬ」

「はい！」

　はっきりと応えるために息を吸って、あまりの暑さに驚いた。

（必死だから気づかなかったけど、こんなに火が出ていたなんて！）

「げほっ……！」

いけない、煙を吸ってしまった。

こんな勢いの炎では、飛び込んできた朱心も火傷を負ってしまったのでは——と、彼と共に外へと駆け出しながら、ちらりと英鈴は思う。

そして——

「おい、早く行くぞ！」

「くそ、屋根が！」

床に倒れたままの紫丹を起こそうとしていた兵士たちが、毒づく。納屋の天井を支えていた一番大きな柱に火が移り、あっという間にそのすべてを焦がしていく。

「いかん。皆、外に出よ！」

もはや、紫丹を助け起こして外に連れ出す猶予がない。やむを得ず、皇帝としての「表」の顔で声を張り上げた朱心が命じ、兵士たちはそれに応じる。

慌てて飛び出してきた兵士たち——だが小屋の中で倒れ伏したままの紫丹の姿は、炎に照らされようとなお暗い闇に紛れて、よく見えない。

次の瞬間——屋根が、燃え落ちてきた。

そのまま、瓦礫と共に天をも焦がすほどの勢いの炎だけが、その場に残される。兵士たちは、急いで消火のための水を調達しに駆け出した。

（紫丹「先生」……！）

英鈴は、唇を噛んで、ただじっと炎を見つめた。

――彼を案じて深く悲しむほど、お人好しではない。

でも、少しも心が痛まないといったら、嘘になる。

「けほっ、けほ……！」

「火から離れよ、董貴妃。大儀だったな」

「陛下……！」

なおも皇帝としての「表」の顔で、朱心は穏やかに言った。その左手が、こちらの肩に触れている。

――温かい。

こんな状況なのに、気づいた瞬間に頭に浮かんだのは、その言葉だった。

今は何よりも、この温もりが嬉しかった。あれだけ、火傷しそうになった後であっても。

「そっ、そうだ！　ここにいた見張りはどこに……！」

「それはあちらだ」

朱心が指した先――数丈ほど離れた場所では、よく見れば、二つの集団がぶつかり合っていた。さっきまで炎の爆ぜる音に紛れて聞こえなかったが、怒声と鬨の声、そして刃のぶつかり合う音が風に乗って耳に届く。

月明かりの下に見えたのは、ひときわ大きな軍馬に跨った将の後方の兵士が捧げ持つ、『呂』と大書された旗。

「あれは……？」

「呂家の精鋭たちだ」

答える朱心の口元には、例の、酷薄な笑みが浮かんでいる。英鈴の立つ角度からでないと、そうは見えないだろうけれど。

「呂賢妃の伝手で、すぐに動いてくれた。索敵に優れたあ奴らが、お前の連れ去られた先を捜しているうち、炎があがっているのを見つけ——後は、『花売り』の連中をああして引きつけている間に、我らが突入できた」

「そうだったんですね……」

半ば呆然と英鈴が相槌を打つと、朱心は「ククク」と短く笑う。

「情けは人の為ならず、とはまさにこのことだな。董貴妃」

「……そうかもしれませんね」

英鈴は、小さく微笑んで応える。

――そして、半刻(とき)もしないうちに。
その場にいた『花神』の者どもは、全員捕らえられたのであった。

第六章　英鈴、一件落着を得ること

火事は、その後数刻かけて消火された。木々にまで燃え移らなかったのだけは、幸いだったと言える。

旺華国の兵士たちに損害は少なく、英鈴の両親も無事に保護された。彼らには「賊が急に入ってきた」「英鈴は無事である」という最低限の説明だけがなされたと聞く。ともあれ、彼らが元気でいてくれるなら、それが一番だ。

『花神』の構成員たちは、護送された後、禁城で取り調べを受けるらしい。紫丹は――結局燃え尽きた小屋の残骸から、遺体は見つからなかったとのことだけれど。

それでも、事件は解決した――そう考えて、いいはずだ。

「……」

そして英鈴は今、朱心と二人、馬車にて禁城への道のりを戻っていた。

夜明け前の空は、ひときわ暗い。周りには、かすかに虫の声が聞こえるばかり。

そう――こうして戻る最中、馬車に乗ってからというもの、英鈴も朱心も、無言を貫いていた。

別に、気まずいというほどではない。でも英鈴は、なんとなく、言葉を失っていた。

――朱心にもう一度会えたら、ちゃんと謝ろうと思っていたのに。

あれほど恐ろしい目に遭っても、最後に思い浮かんだのは朱心の姿だったのだと、伝えておきたいとも思うのに。

(なんだか、なんて言えばいいのかわからない)

馬車の車輪が地面を削る振動を感じながら、英鈴は、傍らに座っている皇帝の姿を見ることすらできなかった。

すると――

「ククッ」

低く笑ったのは、朱心だった。彼はそれまで窓の外を見ていた目をこちらに向けると、例の、酷薄な微笑みを浮かべる。

「ご苦労だったな、董貴妃(とうきひ)。お前のお蔭(かげ)で、無事『花神』の連中を片づけることができた」

「で、では!」

勢い込んで、彼に問いかける。

「やっぱり、その……今回のことは全部、わかってやっておられたのですね!? 禁城に蔓延る暗殺者集団を、排除するために」

「ふ、当然だ」

窓枠に肘を置いて頬杖しつつ、朱心は語る。

「連中がどういうつもりか、お前の命を狙ったのでな。うまくやれば、この機に一網打尽にできると踏んだわけだ。時折、己の慧眼が恐ろしくなるな」

（何言ってるの、この人……！）

毎度のことながら、ちょっと自信満々すぎないだろうか。

結果的に助けてもらったし――それは嬉しかったけれど――でも、それまであんなに突き放された、こっちの気持ちはなんだと思っているんだろう。

（やっぱり、腹立つ……！）

燕志は朱心の心が「揺れている」なんて言っていたけれど、そんなことはないんじゃないだろうか。あの時突き放してきたのは、きっと、そうすれば英鈴を焚きつけられると思ったからなのだろう。

腹の底に生まれた憤りをそのままに、英鈴は彼から視線を逸らし、皮肉っぽく言う。

「そうですか！　確かに、陛下ほどのお方ならすべてお見通しだったんでしょう。私は『花神』を釣るための餌として、立派に働けたようですね！」

「ククク、わかっているではないか」

背中で、朱心の言葉を聞く。

――ほら、やっぱり。と思いながら。

「その通りだ。お前は奴らを釣るための、ただの」

言葉がそこまで至った時――

「……」

朱心が、ふいに口を閉ざした。

「え……？」

いつにない沈黙に、様子が気になって、思わず彼のほうを振り向く。

すると朱心は、また窓の外に目を向けていた。

月明りが乏しくて、ほとんど何も見えないというのに。

暗闇の奥を、じっと見つめている。いや、それとも――こちらを見ないようにしている
のだろうか。

「へ、陛下？」

気になったので、おずおずと呼びかけてみる、と――

「……」

彼は頬杖していた腕を戻し、顔は窓に向けたままだが、居住まいを正した。

それから、ぽつりと——しかしはっきりと、告げる。

「すまぬ」

「……」

耳を疑った。

でも、聞き間違いじゃないはずだ。朱心は今、こちらに——

「お前の身の安全を考えれば、すぐにでもどこかに保護すべきだった」

やはり、聞き間違いではない。

朱心が述べているのは、謝罪の言葉だ。

「だが、『花神』どもをこの機に捕らえるには、お前を泳がせておく必要があった。……それが確実な手だというのは、すぐに判断できた」

彼の声は、常と変わらぬ明瞭な音だ。でもその響きは、ひどく沈んで聞こえる。

「頭ではわかっていても……お前を前にすると。どうも、いつもと調子が異なっていてな」

「陛下……」

「無用な心配をかけたな」

——朱心が、振り返る。

彼の目は穏やかだった。いつものように、酷薄な笑みも湛えてなどいなかった。

ただ淡々と、しかし真摯に、まるで皇帝としての「表」の顔と、私人としての「裏」の顔とが、双方重ね合わさっているような表情だ。

そんな面持ちで、彼は再度、こちらに告げる。

「すまぬ。お前が無事で、本当によかった」

そう告げられた瞬間――

胸に突き上げたのは、どういうわけか、喜びというほど甘いものではなかった。

いや、嬉しいのは確かだ。

朱心は、こちらを突き放したくてあんな振る舞いをしていたわけでは、やはりなかった。

彼は矛盾した感情に圧し潰されそうになっていたせいで、あんな態度だったのだ。

それが理解でき、そして、彼に心配してもらっていたのだと――はっきりとそう認識できたこと自体は、足が宙に浮きあがりそうなほど嬉しい。

でも、陛下のこれまでを考えると――

幼い時に母を殺され、息を潜めて生きてきて、皇帝となった今も、母の仇の仲間が禁城に残り続けている。

そして妃が、母の仇に命を狙われた。

そんな状況であっても、彼は、皇帝で居続けなければならない。

この国のすべてを自身で差配し、支え、責任をとらなければならない。

いざとなれば、個人的な感情よりも、皇帝としての判断を優先させなければならない。

——一人で戦ってきた。そして今回も、一人で戦っていたのだ。

そう思ったら、なんだか——

謝罪する朱心の姿が、とても、儚（はかな）いもののように思えてしまった。

「……」

英鈴は、無言のまま、そっと手を伸ばした。手には、清潔な布が巻かれている。やはり火傷（やけど）を負ってしまっていた指は、先ほど、朱心が連れてきていた医師に診てもらったばかりだ。

しばらくすれば、完治する程度の傷。でも今は、動かすと少し痛む。

けれど——そんな痛み、どうでもいい。

英鈴は、伸ばした手で、朱心の左手を取った。

本当なら、自分から触るなんて、不敬以外の何ものでもない。でも今は、どうしても彼の手に触れたかった。

そして朱心も、それを拒まなかった。彼自身の膝（ひざ）の上に置かれた左手に、そっと、こちらの手を重ねる。

（陛下の手……やっぱり、温かい）

最初に彼の正体を知った夜、顎に触れた彼の手が、妙に温かく感じられたのを思い出す。

そう思うと、なんだか少し懐かしいような、笑みが零れてしまいそうな気持ちになる。

「陛下」

英鈴は、はっきりと告げた。

「大丈夫です。私は、陛下の妃であり薬童代理ですから。これからもずっと、傍で陛下をお支えします。それが……」

驚いたように、朱心の目が見開かれていくのを見つめつつ、最後まで言う。

「それが、私の望みでもありますから」

「……英鈴」

皇帝の唇が、かすかに震えた。何か、言葉を探しているかのように。

（こんな陛下を見るの、初めて……）

こちらがそんなふうに思っている間に、やがて、彼の口の端はふっと上向きになる。

それは、いつものあの酷薄な笑みだった。

「……殊勝な心掛けだな、董英鈴。臣下として、最低限の礼は心得ているとみえる」

「当然ですよ」

あえて堂々と、英鈴は言ってのけた。

「まだまだ、本物の『不苦の良薬』に至る道は遠いですし。これからも研鑽（けんさん）を積まないと」

「だろうな」

そう言いながら、朱心の右手が動く。

英鈴が、朱心の左手に重ねている手――その上に、彼の右手がのせられた。

ふわりと、優しく、火傷を気遣うように。

思いもかけずそんなことをされて、心臓がどきりと跳ね上がる。

「へ、陛下……」

「城に着くまでは、こうしている」

宣言するようにそう言ってから、彼は再び、窓の外に目を向けた。

その面持ちはすっかりいつもの、「裏」の顔に戻っている。

でもその両手の温もりは、英鈴の手を挟んだままだ。

――幸せ、という感情が、じんわりと胸を満たしていく。

（陛下、私は）

私の居場所は、やっぱりここです。

胸の内でそう呟く間に、窓の外――東の空の果てに、光が見えてくる。

朝が来たのだ。

暁光が、朱心の横顔を照らす。美しく、恐ろしい、そして孤独に戦ってきた皇帝の姿を。

(何があろうと、この人と一緒にいよう)

国に蔓延る毒がどれほど恐ろしいものか身をもって知った今――そして朱心を救い、救われた今。

単なる淡い恋心よりも深い、絆のようなものを、英鈴は感じていた。

うっすらと青く染まりはじめた空は、今日も澄み渡っていた。


(了)

あとがき

こんにちは、甲斐田紫乃です。
このたびはこの本をお手に取ってくださり、ありがとうございます！
お蔭さまで、英鈴と朱心の物語も無事に三巻目を迎えられました。
ここまで書けたことへの、感謝の気持ちでいっぱいです。

今回は、今まで以上に英鈴の身に何度も危険が迫る展開でした。
作者としても、彼女には苦労ばかりさせて悪いな……と思っております。
また朱心があんな性格である理由についても、一端を明かしました。
二人の人生にはこれからも波乱が多いと思いますが、頑張ってほしいところですね。

一、二巻に続き表紙イラストでお世話になりました友風子先生、そして的確なアドバイスをくださった担当編集さまに、心からのお礼を申し上げます。

また現在、ウェブコミック誌『COMIC BRIDGE』にて、『旺華国後宮の薬師』コミカライズ版が好評連載中です！

初依実和(はついみわ)先生がお描きになる漫画での『旺華国』の物語を、ぜひご覧ください。

私は英鈴の表情の動きが、とても可愛らしいところが大好きです！


この物語を執筆している間は、ちょうど世界中で大変な事態が起こっていました。

もし皆さまの楽しい安らぎのひと時にこの本が少しでも関われておりましたら、これほど嬉(うれ)しいことはありません。

またお会いできる時を、心から楽しみにしております。

今後とも、どうぞよろしくお願いいたします！

甲斐田紫乃

富士見L文庫

旺華国後宮の薬師 3

甲斐田紫乃

2020年8月15日　初版発行

発行者　青柳昌行
発　行　株式会社 KADOKAWA
〒102-8177　東京都千代田区富士見2-13-3
電話　0570-002-301（ナビダイヤル）

印刷所　株式会社暁印刷
製本所　株式会社ビルディング・ブックセンター
装丁者　西村弘美

定価はカバーに表示してあります。　◇◇◇

●お問い合わせ
https://www.kadokawa.co.jp/（「お問い合わせ」へお進みください）
※内容によっては、お答えできない場合があります。
※サポートは日本国内のみとさせていただきます。
※ Japanese text only

ISBN 978-4-04-073774-4 C0193